U0049704

帶小狗的女士

契訶夫小說新選新譯

【修訂版】

契訶夫 150 歲誕辰紀念版

1860 - 2010

櫻桃園文化

帶小狗的女士：契訶夫小說新選新譯（修訂版）/ 安東 · 契訶夫（Anton Chekhov）著 ; 丘光 譯 . -- 二版 . -- 臺北市 : 櫻桃園文化 , 2024.2
256 面 ; 14.5x20.5 公分 . -- (經典文學 ; 1R)
譯自 : Дама с собачкой. Избранные рассказы.
ISBN 978- 978-986-97143-9-6 (平裝)

880.57　　113001386

經典文學 1R
帶小狗的女士：契訶夫小說新選新譯【修訂版】
Антон П. Чехов. Дама с собачкой. Избранные рассказы

作者：安東 · 契訶夫（Anton P. Chekhov）
譯者：丘光
導讀：熊宗慧
責任編輯：丘光
校對：陳錦輝
版面設計（封面及內頁）：丘光
出版者：櫻桃園文化出版有限公司
地址：116 台北市文山區試院路 154 巷 3 弄 1 號 2 樓
電子郵件：vspress.tw@gmail.com
網站：https://vspress.com.tw/

印製：世和印製企業有限公司

總經銷：遠足文化事業股份有限公司
地址：231 新北市新店區民權路 108-2 號 9 樓
電話：02-22181417　傳真：02-86671891

出版日期：2010 年 8 月 25 日初版
　　　　　2024 年 2 月 15 日二版 1 刷（тираж 1.5 тыс. экз.）
定價：360 元

本書選譯自俄文版契訶夫作品全集：А. П. Чехов. Собрание сочинений в восьми томах, изд. Правда, Москва, 1970

© 丘光 (Kuang CHIU), Traditional Chinese translation, 2024
© 櫻桃園文化出版有限公司 (VS Press Co., Ltd.), 2024
版權所有　All rights reserved.

Printed in Taiwan

帶小狗的女士

契訶夫小說新選新譯

【修訂版】

Дама с собачкой. Избранные рассказы

Антон П. Чехов

安東・契訶夫 著

丘光 譯　　熊宗慧 導讀

穿越時空傳簡訊給契訶夫

契訶夫曾說過「簡潔是天才的姊妹」，看來現今生活中的簡訊似乎很合他意呢！許多人對契訶夫有一種特別的感受，無論是年少時的熱情或持續至今的餘韻，藉今年的契訶夫一百五十歲誕辰之際，發一封問候的簡訊給這位神交的老友，作為誕辰紀念賀禮。

在金融危機襲擊全球時，我突然想到您，原來，有錢人玩的遊戲，小老百姓毫無招架之力！什麼叫公平？什麼叫幸福？怎樣是天才？怎樣是癡呆？我以一場瘋子的舞會，敬您百年前已點明的睿智。

——**吳興國**

安東，我從《櫻桃園》改編的舞作『花語』，六月在莫斯科契訶夫藝術節演出，為你祝壽。希望你喜歡！

——**林懷民**

尊敬的契訶夫先生：

我從您的小說和戲劇中悟到什麼才是人生最珍貴的時辰。俄國櫻桃園中的樹枝可能已經枯老了，但您使它又生花結果。我從您的「字花」香味中聞到「真理」。我曾為了您而學俄文，至今俄文早已忘得一乾二淨，但您那篇〈帶小狗的女士〉的形象卻一直縈繞在心頭，念念不忘，我甚至願意來生做一隻小狗跟在您身後。

——您最謙卑的僕人和粉絲　李歐梵

二〇一〇．五．廿七

親愛的契訶夫，我正字斟句酌地推敲著，要傳怎麼樣的簡訊給你。然而，到此為止，我已經浪費了三十個字，占去總數的一半。簡潔是我這個時代的科技，你那個時代的美德，好久，好久，我不曾見過宛如西伯利亞銀白遼闊的雪原，如你一般乾淨、明亮，一點也不廢話卻充實飽滿、圓熟俱足的小說，好久不曾見過。

——房慧真

契訶夫先生：台灣今年紀念您的冥誕，顯示您在這裡也有知音，想趁這個機會探索您當年成功的蹊徑，希望我們也能對世界舞臺作出卓越的貢獻。

——胡耀恆

一千年後的人們還是會抱怨生活有多艱難，但他們會一直讀下去，企圖找出從未存在過的奧祕，並且不去刻意突顯任何事，只是任候鳥不斷地拍動翅膀，飛往下一個美好的新生活。

——夏夏

如何「說一個好聽的故事，便於世人有益」？當我還惑困於生活的瑣碎，契訶夫，我多麼羨慕你孤獨卻專注的眼神，總是一次次，用故事篩出了生活的真實。

——孫梓評

好小說像鏡子，不同人、不同的年紀，總能照出不同的面貌。於我而言，您的作品就是這樣的。然而，歷經歲月風霜，鏡面有時也會模糊，這時便需要重新磨鏡裝修，那就是新的譯本了。契訶夫先生，我是這樣渴切期待您的二十一世紀中文新譯本的出現哪。

——傅月庵

莊園賣掉後，凡尼亞來到莫斯科。在街上遊蕩的他埋怨：「這就是人生嗎？」天空傳來聲音：「別難過我的孩子，你有美麗的靈魂。」凡尼亞化為一則故事。大雪飄起，行人紛紛走避，只有一位醫生停下腳步，望著這則故事。此時，凡尼亞忽然睜開眼，問：「您是……」

——**耿一偉**

簡潔的俄文於我，看來仍像複雜的圖案，猜想中文對您而言也是。彼方世界是反過來的嗎？是不是，人們用最簡單的圖案，就能讓彼此明白最複雜的心意了呢？

——**童偉格**

在那些羸弱、無能、不快樂的人們身上閃現的良善本性最動我心，他們是真實的，活生生的人，不管什麼政治訊息或寫作傳統，也與說教或所謂智慧無關。

——**歐茵西**

斯坦尼來電話，說三姊妹在排演場鬧脾氣，搞不定，脫不了身。舅舅明天要去湖邊獵海鷗，下午要先給狗洗澡，就不來了。園裡的樹去年都砍了，不能依約帶櫻桃給你，也請見諒。學生們喜歡你的劇本，比起那幾個年輕的，你確實受歡迎得多！安心養病，我們雖在遠處，也衷心祝福你，四十四歲生日快樂！

——**馮翊綱**

契訶夫教我如何正視人間疾苦。我也學到如何去同情。納博科夫說，契訶夫寫的好人，不能做好事。這才是人間悲劇。我想，或許我可以寫能做好事的好人。

——**鄭清文**

〈吸煙對身體有害〉是你為不稱頭男人寫的諷刺短劇，原諒我為陸弈靜改成跳針女人版〈吸煙對身體有 High〉，剛在台北演出。感謝你總是給我們無窮靈感，和最高標竿。

——**鴻鴻**

（以上按姓名筆劃排序）

目次

帶小狗的女士

[1]

[1] 本篇原作發表於一八九九年十二月號《俄羅斯思想》雜誌，副標：短篇小說，作者署名「安東．契訶夫」。一八九六年八月契訶夫在北高加索礦泉區的酸水城度假時，筆記中有寫到「帶哈巴狗的女士」，想必他對度假區這樣一位帶狗的女性形象印象深刻，這是作家最早跟〈帶小狗的女士〉有關的記錄。

——俄文版編注與譯注（以下注釋除特別標示外，皆為譯注）

1

聽說，濱海道上來了個新面孔：帶小狗的女士。德米特里．德米特里奇．古羅夫在雅爾達已經待兩個禮拜了，習慣了那裡，也開始對新面孔感到好奇。他坐在維爾涅糕點鋪旁的涼亭裡，看到那位年輕女士沿著濱海道走過，是個身材不高、戴著貝雷帽的金髮女人；一隻白色博美狗跟在她身後跑。

之後他經常在市區花園和綠地上遇到她，一天好幾次。她總是獨自一人散步，戴著那頂貝雷帽，牽著那隻白色博美狗；沒人知道她的來歷，於是大家便只這麼稱呼她：帶小狗的女士。

「如果她在這裡沒丈夫也沒熟人陪的話，」古羅夫動起腦筋，「那麼跟她認識一下也無妨。」

他還不到四十歲，但已經有個十二歲的女兒，還有兩個兒子也在唸書了。他結婚得早，在他唸大學二年級的時候，而現在他太太看起來好像比他老得一倍有餘。她是高個子的女人，有一雙黑眉，個性很直、傲慢、愛擺架子，還有一點，她自稱是個「會思考的女人」。她讀很多書，寫書信時刻意不寫硬音符「ъ」[1]，不叫自己丈夫德米特里，而是「吉」米特里[2]，他私底下卻認為她不太聰明、心胸狹窄、粗俗，他怕她而不喜歡待在家裡。他很早就背叛她，經常搞外遇，或許因為如此，他總是近乎惡意地批評女人，每當有人在他面前提到女人，他都這麼稱呼她們：

「下等人！」

他自認已經受夠了痛苦的教訓，才有資格這樣隨心所欲地罵她們，然而他一旦連著兩天少了「下等人」相陪的話，卻又無法過活。與男性的社交上，他覺得無趣，會心不在焉，無法聊什麼，冷漠以待，可是一到女人堆中，他就會感到自在，知道該跟她們聊些什麼，且舉止合宜，甚至與她們沉默相對也覺得輕鬆愜意。在他的外表、個

---

[1] 一九一八年的俄文改革時，正式廢除了在詞尾不發音的硬音符字母「ъ」（在詞中仍留用）。本篇小說發表於一八九九年，因此可以推測文中男主角妻子有這樣的書寫習慣，不外乎幾個可能：一、不想寫，二、懶得寫，三、顯示自己思想前衛、與眾不同。

[2] 「吉」米特里（“Ди” митрий）是舊時教會斯拉夫文中的名字拼寫法，現代俄文中已改拼寫為「德」米特里（“Д” митрий）。有時候，晚輩對老人家會用舊式說法。小說中這段描寫顯示男主角妻子的矛盾個性，與不書寫硬音符字母的習慣對照下，給人前後邏輯錯亂的感覺。

性，以及他的所有天性裡，有某種迷人的、不可捉摸的東西，招引著女人到他身邊來；他了解這點，而也有某種力量驅使著他往女人靠去。

多少次的經驗，而且確實是慘痛的經驗早就教會他一件事，與規矩的女人交往，特別是那種猶豫不決又不果斷的莫斯科人，一開始雖然會增添生活的情趣，看似一場甜蜜又輕鬆的際遇，但不可避免漸漸會衍生出一大堆極其複雜的事情，最終成了負擔。然而每次只要又遇到他感興趣的女人，之前的經驗似乎便從記憶中溜走，他又活了過來，一切看來就是這麼單純而有趣。

這又是一次，傍晚他在花園用餐，那位戴貝雷帽的女士不慌不忙地走過來，往他的鄰座坐下。她的表情、儀態、服裝、髮型，在在告訴他：她是出自規矩人家、已婚、初次來雅爾達、獨自一人、在這裡感到無聊……有些傳聞故事裡提到這地方的風氣敗壞，很多是不正確的，他鄙視這些說法，知道這類傳聞大多是那些自己想犯齷齪卻又不敢做的人捏造的；然而，當女士坐在離他三步遠的鄰座時，他又想起傳聞裡那些輕而易舉的成功獵豔、登山共遊的情節，於是，片刻歡合的一夜戀情、與不知姓名的陌生女人來個浪漫約會——種種誘人的念頭立刻俘虜了他。

他殷勤地招呼博美狗到他身邊，當牠走近時，他卻揚起手指威嚇牠。博美狗叫了起來，古羅夫又再威嚇牠。

女士瞧他一眼，立刻低下眼眸。

「牠不會咬人的。」說完她臉就紅了起來。

「可以給牠骨頭嗎？」當她確定點了頭，他親切地問：「請問您到雅爾達很久了嗎？」

「五天了。」

「而我已經待在這第二個禮拜了。」

雙方沉默了一會。

「時間過得很快，這裡還真無聊！」她說著，眼睛卻沒看他。

「這裡無聊——只是大家趕流行的說法吧。如果是住在內地小城像別廖夫或日茲德拉之類的居民——他便不會感到無聊，可是一來到這裡就說：『啊，無聊！唉，灰塵！』人家還真會以為，這人是從格拉那達[1]來的呢。」

---

[1] 格拉那達（Granada），西班牙的安達魯西亞的旅遊名勝。小說中這個詞的俄文是「Гренада」，音譯應為格瑞那達，與位於加勒比海的島國格瑞那達（Grenada）拼寫發音相同而常被混淆，因為舊時俄文中的格拉那達這個地名是從法文的「Grenade」而來，又，西班牙的格拉那達在俄國人的想像中是浪漫的象徵（納博科夫語），綜合研判，文中此地指西班牙的格拉那達。

她笑了。然後兩人繼續默默地吃東西，像陌生人一樣；午餐後他們一起離開——直到此刻嘻笑輕鬆的對話才開始，是無拘無束又滿足的人們才會有的那種對話，無論要去哪裡或聊什麼都百無禁忌起來。他們散步，聊著說：海不知怎麼莫名地發亮，海水是紫丁香的顏色，多麼的柔軟溫暖，月亮依著水面逸出了一道金色的光芒。還聊到：在炎熱的白天過後真是讓人窒悶。古羅夫說，他是莫斯科人，在學校唸的是語言學，卻在銀行工作；有段時間本打算要去私人歌劇院從事演唱，可是放棄了；他在莫斯科有兩棟房子……而他從她那裡得知，她在彼得堡長大，嫁到S城去，在那邊已經住了兩年，她在雅爾達還要待一個月，之後，也想休假的丈夫有可能會過來。她怎麼都無法清楚解釋她的丈夫在哪裡工作——在省政府還是省議會吧，她自己也覺得很可笑。古羅夫還問到了她的名字，她叫安娜．謝爾蓋耶夫娜[2]。

之後，他在自己的旅館房間裡想她，想著明天或許還會與她相遇。應該會的。躺下睡覺時，他忽然想到，沒幾年前她還在貴族女子中學唸著書，就像他現在的女兒一樣，又想到，她在笑聲中或者與陌生人的對談裡，仍是一股羞怯和生澀——應該可以

[2]　安娜．謝爾蓋耶夫娜，此為名與父名連稱，此用法在平輩間表禮貌，或下對上時表尊敬。

說，這是她生命中頭一遭獨自處在這種環境，這裡的男人跟著她，盯著她，跟她搭訕，心裡只懷著一個祕而不宣的企圖——她不可能猜不到。這時他想到她那纖細、柔弱的頸子，以及美麗的灰色眼眸。

「總之她身上有什麼地方讓人想要憐惜。」他想著想著便睡著了。

2

認識後過了一星期。在一個節慶日，房間裡很窒悶，街上又刮著風，揚起灰塵，掀翻帽子。一整天都想喝東西，古羅夫頻頻往涼亭跑，一會請安娜．謝爾蓋耶夫娜喝點糖水，一會又來點冰淇淋。在這種大熱天真是無處可躲。

傍晚時分，風稍微靜了下來，他們去防波堤，想看輪船進港。碼頭上有許多散步的人，有些聚集在一起，手拿著花束準備迎接人。舉目望去盡是盛裝的雅爾達人，他們明顯區分成兩個特別的類型：打扮得像年輕女人的年長女士們，另外就是有許多將軍。

輪船因為海上風浪的緣故遲到了，此時太陽已西沉，船駛進防波堤之前，還迴轉了好一陣子。安娜．謝爾蓋耶夫娜手持長柄望遠鏡望著輪船，望著乘客，似乎在尋找熟識的面孔，一下子她又轉向古羅夫，眼光閃爍著。她說了很多話，問話卻前不搭後，她自己當下根本不記得問了些什麼；隨後，她把長柄望遠鏡弄丟在人群中。

盛裝的人群四散，已經看不到什麼人了，風完全靜止，只剩下古羅夫與安娜．謝爾蓋耶夫娜站在那裡，等待著，看還會不會有人從輪船裡出來。安娜．謝爾蓋耶夫娜沉默不語，也不看古羅夫，只聞一聞花束。

「到了傍晚天氣越來越好，」他說。「我們現在要去哪？不去哪裡走走嗎？」

她什麼也沒回答。

此刻他凝視著她，突然一把抱住她，親吻她的雙唇，一股花的香氣和溼潤襲向他，而他隨即怯生生地四下張望：沒被誰看到這一幕吧？

「我們到您那裡去吧……」他輕聲說。

兩人快速離去。

她的旅館房間裡很悶，瀰漫著香水，是她在日本商店買來的。古羅夫現在瞧著她，想著：「這輩子還有什麼樣的女人沒遇過！」他過往記憶中的女人，有那種無憂無慮、心地善良的一類，她們因愛而歡愉，會為他所給予的哪怕是短暫的幸福而感激；還想起另一種女人——例如他的妻子，她們的愛不真誠，過度嘮叨，歇斯底里的做作，臉上的表情似乎說那不是愛情，不是激情，而是某種意義崇高的東西；他也想起兩三位非常美麗卻冷漠的女人，她們臉上會忽然閃過凶狠的表情，有一種頑固的企圖心，想從生活中強取豪奪比她們所能付出的更多，這種女人都不太年輕、任性、無法理性溝通、不夠聰明卻又想掌控一切，一旦古羅夫對她們冷淡起來，她們的美麗便惹他嫌惡，連她們內衣上的蕾絲邊對他來說彷彿也成了魚鱗。

然而眼前這女人卻仍有一種放不開、年少不更事的生澀、困窘的感覺；給人一種心慌意亂的印象，彷彿剛剛有人突然敲了房門似的。安娜．謝爾蓋耶夫娜，這位「帶小狗的女士」，對剛才在房間內所發生的事情，似乎是異常嚴肅地看待，看作是她自己的墮落——讓人這麼感覺，這滿奇怪又不合時宜。她的面容消沉頹喪，臉龐周邊哀愁地掛著長長的髮絲，她以一種憂鬱的姿勢沉思著，活像是古老畫像裡面的罪人。

「這樣不好，」她說。「您現在一定是第一個不尊重我了。」

房間的桌上有一顆西瓜。古羅夫給自己切一片，不慌不忙地吃著。這樣陷入了沉默至少半個小時。

安娜．謝爾蓋耶夫娜的內心還在激動著，她身上散發出一種端莊、天真、涉世未深的女人的純潔氣息；桌上燃著一枝孤單的蠟燭，依稀映著她的臉龐，但看得出，她的心底不好受。

「我有什麼理由不會再尊重妳？」古羅夫問。「妳根本搞不清楚自己在說什麼。」

「求上帝原諒我！」她說完便眼淚盈眶。「這太可怕了。」

「妳這麼說好像在替自己辯白。」

「我哪能為自己辯白？我是個糟糕又下流的女人，我輕視我自己，辯不辯白我沒去想。我欺騙的不是我丈夫，而是自己。而且不只是現在，我已經騙了好久好久。我的丈夫或許是個誠實的好人，但總歸是個奴才！我不知道他在那裡做什麼，如何工作，只知道他是個奴才。我剛嫁給他的時候才二十歲，好奇心折磨著我，我想要點什麼更好的；我對自己說，一定有另外一種生活。想要過真正的生活！生活，生活……好奇心煎熬著我……您不會了解這個的，但是，我向上帝發誓，我已經不能控制自己，我身上發生了某種變化，我無法自持了，我告訴丈夫我病了，才來到這裡……在這裡我到處晃蕩，像中了邪，瘋了似的……而這下子我成了任何人都看不起的下流卑賤女人。」

古羅夫已經聽得很無趣，她那天真的語氣、出人意料又不合宜的懺悔，讓他很不舒服；如果不是她眼淚盈眶，可能會讓人以為，她是在開玩笑或是演戲吧。

「我不了解，」他輕聲說。「妳到底要的是什麼？」

她把頭埋進他的胸膛，擁抱著他。

「相信我，相信我，求求您……」她說。「我愛誠實潔淨的生活，罪惡對我來說是齷齪的，我不知道自己做了什麼。平常人家說：鬼迷心竅。現在這也可以套用到我身上，我就是鬼迷心竅了。」

「夠了，夠了……」他喃喃道。

他看著她那雙僵住、受驚的眼眸，親吻她，輕聲蜜語，她稍微安慰些，臉上又露出了愉悅之情；最後兩人笑了開來。

之後，當他們走出旅館，濱海道上已經沒有人跡，這個城市和街上的柏樹甚至顯得死寂，可是海水依舊喧擾，拍擊著岸邊；一艘小船隨波擺盪，上頭的燈火睡意朦朧地閃爍。

他們找到了出租馬車，往奧瑞安達[1]而去。

「我剛剛在旅館前廳才知道妳的姓氏：名牌上寫著馮．吉捷里茨。」他說。「妳丈夫是德國人嗎？」

「不，他的祖父好像是德國人，但他自己是俄羅斯正教徒。」

在奧瑞安達，他們坐在離教堂不遠的長凳上，望著下方的海面沉默不語。雅爾達在清晨的霧中依稀可見，白雲停滯在山頂上。枝頭的樹葉動也不動，蟬鳴四起，海水一成不變的默聲喧囂從下方傳來，訴說著寧靜，訴說著等待著我們的永恆長眠。下方的喧囂打從雅爾達、奧瑞安達尚未出現前就已經如此了，現在這麼喧囂著，當我們消逝以後，未來也依舊會漠然地默聲喧囂下去。在這般恆久綿亙，以及對我們每個人的生死完全漠然之中，或許隱含著，給予我們永恆的救贖、世間生生不息並汲汲於完善的保證。古羅夫坐在這位年輕女人旁邊，黎明時分她是那麼美麗，他面對這片神奇的環境——海洋、山巒、雲朵、遼闊的天空，內心顯得平靜又神往，一個念頭想到：如果仔細思量，事實上，這世界一切多麼美好，只是當我們忘記生活的終極目標和人類

[1] 奧瑞安達（Oreanda），位於雅爾達市區南郊的名勝。

自尊時的所思所為才破壞了美。

走過來一個不知道什麼人——應該是警衛，向他們瞧一眼便離去。這個小細節也顯得那麼神祕而美好。已經看得到披著晨曦的輪船從費奧多西亞[1]駛來，船上熄了燈火。

「草上結露珠了。」安娜．謝爾蓋耶夫娜打破沉默。

「是啊，該回去了。」

他們返回市區。

此後，他們每天中午相會在濱海道，一起用早餐、午餐，散步，欣賞海景。她常抱怨睡得不好，心臟跳得緊張，老問同樣一些問題，一會為忌妒而憂心，一會又怕他不夠尊重她。在花園和綠地上，如果他們附近沒什麼人，他經常會突然拉近她熱情地親吻。一派的悠閒，這種光天化日下的親吻，得四下張望擔心怕人看見，加上炎熱、海水的味道，以及不斷閃過眼前的那些晃晃蕩蕩、衣食豐足的人們，如此種種正是讓他重獲新生的原因；他對安娜．謝爾蓋耶夫娜說，她多麼美好，多麼誘人，他情不自

[1] 費奧多西亞（Feodosia 或 Theodosia），位於克里米亞半島東端的海港、度假勝地。

禁，無法離開她一步。而她常常沉思，總是問他，要他承認：他不夠尊重她，他一點都不愛她，只是把她看作庸俗的女人。幾乎每天晚上夜色一深，他們會驅車到城外一些地方，到奧瑞安達或瀑布那裡；每次出遊皆很盡興，都留下美好燦爛的印象。

他們等待她的丈夫到來。但是來的只是一封他的信，裡面說他的眼睛有病痛，求妻子趕快回家。安娜．謝爾蓋耶夫娜慌張了起來。

「我離開是對的，」她對古羅夫說。「這就是命運。」

她乘馬車離去，他送她一程。他們走了一整天。當她轉搭上火車快車坐定了車廂，等第二次鈴聲響起時，她說：

「讓我再看您一眼吧……再看一眼。這樣就好。」

她沒有哭，但是非常憂鬱，像是病了，臉龐顫抖著。

「我會想您……會回憶這一切，」她說。「願主保佑您，您留下吧。別記得我的壞處。我們永別了，一定得這樣，因為本來就不該見面。好了，願主保佑您。」

火車快速離去，車燈轉瞬消逝，一分鐘後便聽不見嘈雜聲，彷彿一切都刻意串通好，為了要盡快停止這個甜美的迷惘、這個瘋狂的行徑。古羅夫獨自站在月台上，望著漆黑的遠方，他聽到螽斯的唧唧聲、電報線路的嘟嘟響，有種感覺，好似美夢乍醒。

他想著，在他生命中這又是一次冒險或奇遇，現在也都已經結束，徒留回憶……他感動，憂傷，覺得有些許遺憾；因為這位年輕的女人，他將永遠不會再見到了，她跟他在一起不會幸福的；雖說他對待她殷勤又熱情，但與她交往時，不管是聲調或甜言蜜語中卻又透著嘲笑的影子，露出一個歲數大了她將近一倍的幸福男人那種有點粗魯的高傲態度。她總是說他善良、不平凡又高尚；顯然，對她而言，他並沒有現出自己的真面目，也就是說他不自主地欺瞞了她……

車站這裡已經感到秋意，夜晚涼了。

「時候到了，我該回北方去，」古羅夫離開月台時心裡想著。「是時候了！」

3

莫斯科的家裡已經有過冬的模樣，爐子燒著火，早晨當孩子們準備上學、喝著熱茶時，天色還昏暗，保母就點一會燈火。寒流已來襲。每當初雪落下，每當初次乘雪橇出門，看到一片白色大地和白色屋頂真是心情愉快，連呼吸起來都綿軟可口，這個時節讓人回想起青春年代。老椴樹和樺樹披霜而白，露出和藹的表情，這些樹比起柏樹和棕櫚樹要貼心得多，有它們在身邊便不會去想山巒和海洋了。

古羅夫是莫斯科人，他在一個寒冷的晴天回到莫斯科，當他穿上毛皮大衣與暖和的手套到市中心的彼得羅夫卡街上遊蕩，當星期六晚上聽到教堂的鐘聲，那麼不久前的遊歷對他便失去了魅力。漸漸地，他投入了莫斯科生活，已經不厭其煩地一天讀三份報紙，還說，原則上他是不讀莫斯科報紙的人。他時時被硬邀去餐廳、俱樂部、筵席或紀念宴會，並已對名律師和演員常到他家作客這種虛榮感到滿足，還會去醫師俱樂部與教授玩紙牌。他已經可以吃下整份用小煎鍋盛的雜菜燉肉酸辣湯……

他以為，大概再過一個月，安娜．謝爾蓋耶夫娜在他的記憶裡就會被灰濛濛的霧蓋過，偶爾一些時候才會帶著動人的微笑出現在他夢中，跟其他人沒什麼差別了。但是一個多月後，嚴冬來臨，記憶卻越來越清晰，彷彿昨天他才和安娜．謝爾蓋耶夫娜分手。那些回憶越來越熱烈湧現了。深夜的靜謐中，他分不清是不是有孩子們唸書的聲音傳到他書房，還是有浪漫歌曲或餐廳裡的風琴聲，又或者是壁爐裡呼嘯而來的暴風怒吼，突然間，他回憶裡的一切都復活了：在防波堤、在清晨帶霧的山上經歷的事，還有費奧多西亞駛來的輪船，以及無數的親吻。他在房間裡走來走去好長一段時間，回想著，微笑著，然後這些回憶轉成了幻想，在想像中昔日種種與未來混淆了——安娜．謝爾蓋耶夫娜並不是在他夢中，而是如影隨形地跟在他身後，坐在他身旁。才闔上眼，他便看見她，她好像變得比從前更美麗，更年輕，更溫柔；而他自己好像也比在雅爾達那時更舒坦些。每個晚上，她彷彿從書櫃、壁爐、角落中望著他，他聽得見她的呼吸，以及她衣裳擺動著甜美的簌簌聲響。在街上，他的視線總落在女人身上，找尋是否有與她相像的女人……

他強烈渴望著這段回憶能跟什麼人來分享一番。可是在家裡總是沒辦法說自己的這份愛，在外頭——卻也找不到人訴說。沒法跟左鄰右舍說，也沒法在銀行說。可是又要說什麼呢？難道他那時候戀愛了？難道與安娜．謝爾蓋耶夫娜的交往中有某種美好的、詩意的，還是有啟蒙意義的，或僅僅只是一段有趣的關係？關於愛情和女人怎麼也說不準，誰也猜不透是怎麼一回事，或許只有他老婆會抖一抖黑眉毛說：

「你啊，吉米特里，根本不適合當花花公子吧。」

有一天夜裡，他和一位政府官員同伴從醫師俱樂部出來，他忍不住說：

「但願您知道，我在雅爾達認識了一個多麼迷人的女人啊！」

那位官員坐上雪橇，臨行前忽然回頭大喊：

「德米特里．德米特里奇！」

「怎麼？」

「您之前說得沒錯：那鱘魚是有點怪味！」

這些話是如此平常，但卻不知為何一下激怒了古羅夫，讓他有種輕蔑、骯髒的感覺。真是野蠻人講野蠻話！多麼愚蠢的夜晚啊，真是無趣又無意義的日子！瘋狂打牌、大吃大喝、酒醉，一成不變的談話。不必要的事情和談話反反覆覆占去生命中最好的時間和精力，最終只剩下某種膚淺平庸的生活、荒誕不經，想要離開逃跑都沒辦法，簡直像是在瘋人院或罪犯集中營似的！

古羅夫整夜不能眠，怒氣不止，之後便頭痛了一整天。在接下來幾個夜晚，他睡得很差，或坐在床上想東想西，或在房內來回踱步。孩子他厭倦了，銀行也厭倦了，他哪裡都不想去，什麼話也不想說。

十二月的節慶假日裡他準備出門，他告訴老婆，要趕著去彼得堡幫一位年輕人處理事情——而他卻是去了S城。為何？他自己也不清楚。他不由自主想去見安娜．謝爾蓋耶夫娜，想跟她說說話，如果可能的話就約出來相會。

他早上到達S城，在旅館裡住進最好的房間，地板上滿滿鋪著灰色的軍用呢毯，桌上擺著一個蒙塵的灰色墨水罐，上面有個舉手揚帽的騎士雕飾，騎士頭卻斷了。門房提供他安排這次約會的必要資訊：馮・吉捷里茨住在老岡察爾納亞街上的獨棟私人宅邸——離旅館不遠，生活過得好，有錢，有自己的馬匹，城裡頭大家都認識他；門房都這麼稱呼他：德里德里茨[1]。

古羅夫不慌不忙走去老岡察爾納亞街，找到那棟房子。房子面前正對著一片長長的灰色圍欄，上面還有釘子。

「住在這種圍欄裡她一定會逃的。」古羅夫想，看了看窗戶，又看看圍欄。

他盤算著：今天是假日不太方便，她丈夫可能在家。要是不顧一切闖進去會顯得無禮，搞得大家尷尬。如果送個便條去，可能會落到她丈夫手上，到時候一切就毀了。最好見機行事。他一直在圍欄附近的街上徘徊，等待時機。他看到一個流浪漢走進大

[1] 吉捷里茨（Дидериц）被門房稱為德里德里茨（Дрыдырыц），一方面是口齒不清，二方面可能是契訶夫利用諧音玩文字遊戲，後者的俄文令人聯想到長棍（дрын）、抽動（дрыгать）、破洞／荒僻（дыра），似乎頗符合安娜的丈夫的形象：高拔身材、搖頭晃腦、微禿的頭／荒僻小城的居民。

門，狗群立刻撲上攻擊，之後，過了一小時，他聽到傳來微弱不清的鋼琴聲，應該是安娜．謝爾蓋耶夫娜彈奏的。前門忽然打開，走出一位老太婆，她身後跑著那隻他熟悉的白色博美狗。古羅夫想要叫那隻狗，但心頭猛然一縮，他緊張得忘記小狗叫什麼名字了。

他走來走去，越來越痛恨那片灰色的圍欄，已經氣惱地想，安娜．謝爾蓋耶夫娜忘記了他，更有可能，已經開始與別的男人玩樂，以她這年輕女人的立場來說是很自然的，尤其是她從早到晚都得面對這堵該死的圍欄。他回到自己的旅館房間，在沙發上坐了好久，不知道該怎麼辦，吃了午飯之後睡了好長一段時間。

「這一切多麼愚蠢又令人不安。」他醒來後想，然後望著漆黑的窗戶：已經晚上了。「我是怎麼了睡這麼多。現在這樣我夜裡還要幹嘛呢？」

他坐在鋪著廉價的、簡直像病院那種灰色被子的床上，懊惱地自嘲：

「這就是你的帶小狗的女士……這就是你的奇遇……讓你枯坐在這。」

還在今早，他在車站瞄到了一張海報，粗體大字寫著：輕歌劇《藝妓》[2]首演。他

---

[2]　《藝妓》（Geisha），英國作曲家西尼．瓊斯（Sidney Jones, 1861-1946）的作品。

想起這件事，便起身去劇院。

「她非常可能會去這齣戲的首演。」他想。

劇院客滿。這裡就像所有的省城劇院一樣，吊燈上方飄著煙霧，最上層的座位喧鬧不已；開演之前，第一排座位站著一些地方上的紈褲子弟，雙手後背；在省長席位區，坐在首座的是圍著毛皮圍巾的省長女兒，省長本人則低調地藏身在披著的衣服下，只看得到他的手露出來；舞台簾幕搖晃著，樂隊調音調了很久。依然還有觀眾陸續進場坐下，古羅夫的眼睛貪婪地搜尋著。

安娜．謝爾蓋耶夫娜走進來了。她坐在第三排，當古羅夫望見她，心頭一緊，他清楚了解，如今對他來說全世界沒有一位比她更親更近、更重要的人了；她淹沒在這荒僻小城的人群裡，這位嬌小的女人毫不起眼，手拿著庸俗的長柄望遠鏡，卻在這當下占滿了他的全部人生，成了他的憂傷喜樂，成了他現在唯一想要擁有的幸福；在糟透了的樂隊聲和爛透了的粗劣提琴聲中，他想著她是多麼的美好。他想著夢著。

與安娜．謝爾蓋耶夫娜一起走進來並坐在旁邊的年輕男子，留著小落腮鬍，非常高，駝弓著背；他每走一步便搖頭晃腦，似乎是不斷地向各方點頭致意。顯然這是她的丈夫，就是她在雅爾達那時候，心情不好一時激動所罵的那位奴才。事實上，在他高拔的身材、小落腮鬍，以及那微禿的頭上，確實有些許奴才式的卑微；他笑得甜膩，領章帶上閃耀著某種學習有成的徽章，那正是奴才的號碼牌。

在第一段幕間休息時，她丈夫出去抽菸，她留在座位上。也坐在池座中的古羅夫，便走到她面前，勉強微笑，聲音顫抖地說：

「您好。」

她瞧他一眼，臉色蒼白起來，驚恐地再瞧他一眼，不敢相信自己的眼睛，兩手緊握著扇子和長柄望遠鏡，看得出來她內心掙扎著，深怕就這麼跌倒昏厥過去。兩人沉默。她坐著，他站著，他也因她的困窘而嚇到了，不敢坐到她旁邊。傳來提琴與笛子調音的聲響，這下可怕了，似乎所有包廂裡的人都在看他們。就在此時她站起身來，快速往出口走去；他跟在她後面，兩人茫然地走著，沿著走廊樓梯上上下下，他們眼前晃過了一些人——身著法官制服、教師制服，以及達官顯要的制服，全都掛著徽章，跟著又晃過一些女士們，以及衣架上的毛皮大衣。過堂風忽地穿過，襲來一陣菸頭的味道。古羅夫心跳得厲害，想著：「啊，老天！為何要有這些人，這樂隊……」

在這一瞬間他想起，送安娜．謝爾蓋耶夫娜去車站的那個夜晚，他曾告訴自己，一切都已經結束，他們不會再相見了。但這下離結束還有好遠！

直到一個狹窄陰暗的樓梯間，上面寫著「通往後排池座」，她停了下來。

「您真是嚇到我了！」她說，呼吸沉重，臉色依然蒼白，飽受震驚。「哎，您真是嚇到我了！我差點要死了。為什麼您要來？為什麼？」

「可是請聽我解釋，安娜，聽我解釋……」他連忙輕聲說。「求求您，聽我解釋……」

她帶著驚嚇、哀求和愛意望著他，凝神盯著他，為了要把他的輪廓深深刻在記憶中。

「我是這樣在受苦！」她沒聽他的話繼續說。「我一直想的念的只有您，我靠想念您而活著。我想要遺忘，遺忘您，但為何，為何您又要來？」

在樓梯間平台上方，有兩個吸菸的中學生朝下觀望，可是古羅夫不管那麼多了，他把安娜．謝爾蓋耶夫娜摟過來，開始親吻她的臉、頸子和手。

「您在做什麼，您在做什麼！」她一面驚恐地說，一面想擺脫他。「我倆都瘋了。請您今天就離開，現在就離開……我以一切神聖之名祈求您，求求您……會有人來這裡的！」

好像是有什麼人從樓梯下方走上來。

「您該走了……」安娜．謝爾蓋耶夫娜繼續柔聲低語。「聽到了嗎？德米特里．

德米特里奇，我會去莫斯科找您的。我從來不曾幸福過，我現在不幸福，以後也永遠永遠不會幸福，永遠不會！別再讓我受更多的苦了！我發誓，我會去莫斯科。現在我們分開吧！我可愛的、善良的，我親愛的，離開吧！」

她握一下他的手，便快步走下去，一路不斷回眸望他，從她的眼睛看得出，她的確不幸福……古羅夫站了一下，仔細聽著周遭的聲響，等一切恢復平靜後，他去衣帽間找自己的大衣，離開了劇院。

4

安娜·謝爾蓋耶夫娜便開始定期來莫斯科找他。每兩三個月她從S城過來一趟，她跟丈夫說自己有婦女病，要去向教授請教意見，而他丈夫對此半信半疑。抵達莫斯科後，她通常投宿在「斯拉夫市集飯店」[1]，隨即派一個戴著紅帽的服務生到古羅夫家

[1] 位於莫斯科市中心，離紅場約五百公尺，是當時著名的飯店。

通報。古羅夫就這樣去找她的情婦，在莫斯科沒人知道這件事。

有一次在冬日的早晨，他是在這種情況下去找她（因為前一天晚上通報的人沒找到他）。他跟女兒走在一起，女兒想要他順路帶她去學校。天空落著碩大的溼雪塊。

「現在是零上三度，卻下著雪，」古羅夫跟女兒說。「但這個溫度只是在地表上的，在大氣表層上又是另外一種溫度。」

「爸爸，那為什麼冬天從不打雷呢？」

他也解釋了這個問題。他嘴巴說著心裡卻想著，他正要去會情婦，沒有一個人知道這件事，大概，以後也不會有人知道。他過著雙重的生活：一種是公開的，所有人都看見都知曉的，這是誰都需要的生活，充滿了約定俗成的真實與謊言，一如他所認識的人和朋友們過的生活，而另一種生活——得祕密進行。因環境的莫名其妙也或許是偶然之間的撮合，凡是他感到重要、有趣、不可或缺，以及身在其中覺得真誠且不自欺的一切，形成了他生活的核心內裡，這都得隱瞞他人祕密進行；凡是他撒謊，或為了掩飾真面目而藏身於面具下，例如，他在銀行的工作、在俱樂部裡的爭論、他所謂的「下等人」、偕同妻子參加紀念宴會等等——這部分則都公開。他以自身的情況來看待他人，不相信眼前所見，永遠假設每個人都活在祕密的掩護下，就像在黑夜的帷幔下過著一種真實又有趣的生活。每一個體的本我存在於祕密中，或許，多少因為如此，有些文化人才這麼緊張兮兮地請求要尊重個人隱私。

古羅夫送女兒到學校後，再到「斯拉夫市集飯店」。他在樓下脫掉毛皮大衣，上樓後輕輕敲門。安娜．謝爾蓋耶夫娜身上穿著他最愛的灰色衣裳，因路途和期待而顯得疲憊，她從昨天晚上就盼著他來；她臉色蒼白地望著他，笑也不笑，他才剛進門，她就已經撲到他胸前。他們好像是兩年沒見面似的，一串長吻持續不斷。

「嗯，妳那邊過得如何？」他問。「有什麼新聞嗎？」

「等等，我待會再說……我沒辦法。」

她沒法說話，因為哭了起來。她從他身上轉開，拿手帕擦眼睛。

「嗯，讓她哭一哭也好，我這會就坐一下。」他心裡想，便往扶手椅坐下。

之後，他搖鈴要人拿茶來；當他喝茶時，她仍背對他站在窗前……她哭泣是因為擔心，因為憂傷地體認到他們的生活落得如此悲哀；他們只能祕密幽會，瞞著人們，像小偷一樣！他們的生活難道不是毀了？

「唉，別再這樣了！」他說。

他很清楚，這份愛還不會很快結束，也不知道什麼時候結束。安娜．謝爾蓋耶夫娜對他的依戀越來越深，她狂愛著他，若告訴她這一切早晚該要結束，真無法想像她會變成怎樣——就算說了她也不可能會信的。

他走近她，摟住她的肩膀，為了想安撫她，說些俏皮話，這時候他看見鏡子中的自己。

他的頭髮已經開始發白。他覺得奇怪，這幾年他老得這麼快，變得不好看了。他兩手摟著的肩膀是溫暖而顫抖的。他為這個生命感到同情，儘管目前依然這麼溫暖美好，但顯然已將近消逝枯萎，一如他的生命。她為了什麼這麼愛他？他在女人面前從沒現出他的原本面貌，她們愛的不是他本人，而是愛她們所想像而創造出的那個人，並在她們生活中貪婪地找尋那個想像；之後，當她們發現錯誤，卻還依舊愛著。跟他交往過的這些女人中，沒有一個是幸福的。隨著時間過去，他與相識的女人分分合合，卻沒有一次真正愛過誰；說是什麼都可以，但就不是愛情。

直到如今，當他的頭髮開始發白，他才真真切切地好好愛上一個女人——這可是他生命中頭一遭。

安娜．謝爾蓋耶夫娜與他彼此相愛，如同關係非常密切的親人，如同丈夫與妻子，如同溫柔相待的知己；他們認為彼此的相會是命中注定，不能了解的是，為何他已娶、她已嫁；他們就像兩隻候鳥，一公一母，被人抓住強迫關在不同的籠子裡。他們彼此原諒了各自所羞愧的過往，原諒了當下的一切，感受到這份愛情改變了他們倆。

從前在悲傷時，他會絞盡腦汁用盡理智安慰自己，但現在他已經無法理智思考，他深刻地感同身受，想要成為一個真誠而溫柔的人……

「別再這樣了，我的好寶貝，」他說，「哭一下就夠了……現在我們來談談，來想想什麼辦法吧。」

然後他們商量了好久，談到如何避免這種不得不的躲躲藏藏、欺瞞、分居兩地、長久不見面。該如何從這些難以承受的羈絆中解放出來？

「怎麼辦？怎麼辦？」他抱著頭問。「怎麼辦？」

似乎，再過一會兒——解決之道便會找到，那時候將有一個嶄新的美好生活；然而兩人很清楚，距離那個終點還有一段很長很長的路要走，最複雜最艱困的才剛開始。

小玩笑[1]

[1] 本篇原作發表於一八八六年三月十二日《蟋蟀》雜誌（週刊），作者署名「無牌人」。現在看到的版本是一八九九年契訶夫將此篇選入自選集出版前修訂過的：男主角的人物形象變得心思細膩，故事的結局變得善感。——俄文版編注與譯注

一個晴朗的冬日中午……寒流強勁，冷得不得了，娜堅卡[1]抓著我的手臂，她鬢角的捲髮和嘴唇上的細汗毛都覆上了銀色的霜。我們站在高山上。從我們腳邊到最下面平地一路延伸著平滑的緩坡，太陽直射其上彷彿是在照在冰鏡上。我們身邊有一輛蒙著亮紅色呢絨布的小雪橇！

「我們一起滑下去吧，娜杰日達．彼得羅夫娜！」我求她。「一次就好！我保證，我們會順利抵達終點，不會受傷的。」

可是娜堅卡害怕。對她來說，從她腳上小橡膠靴套站的地方到那冰封山坡下的終點，眼前這一片的無邊無際好像是一道可怕的無底深淵。當她朝下一望，或只是我建議她坐上雪橇試試看，她就心驚膽跳，呼吸停頓，如果她真要冒險往深淵滑下去，到底會怎樣！她會嚇死掉，會瘋掉吧。

「求求您！」我說。「不需要害怕！您要明白，這種害怕、膽小只是心理作用！」

娜堅卡終於讓步，我從她臉上看出來，她是冒著生命危險讓這一步。我把這位臉色蒼白、渾身發抖的女孩扶上雪橇，我坐下後一手環抱著她，就這樣我跟她一起滑下

[1] 娜堅卡與下文的娜佳都是娜杰日達的小名。

無底深淵。

雪橇像子彈一樣飛馳。被劈開的氣流打在臉上，不斷狂嚎著，在耳邊呼嘯著，撕扯著，凶惡地用力刺痛我們，並想要把我們的頭和肩膀給拆散開來。風壓大到讓人沒力呼吸。好像是魔鬼現身張開爪子緊緊勒住我們，狂嚎著將我們拉到地獄裡去。周遭事物連成一道拉長的帶子急速流動著……似乎再下一瞬間，我們就要車毀人亡了！

「我愛您，娜佳！」我輕聲說。

雪橇漸漸越跑越慢，風的呼嚎和滑道的颼颼響也不那麼可怕了，呼吸不再困難，我們終於抵達山下。娜堅卡半死不活的，面色蒼白，一口氣差點喘不過來……我幫忙扶她站起身子。

「我下次絕對再也不滑了，」她張大眼睛滿是驚恐地望著我說。「無論如何都不要！我差點沒死掉！」

稍後一會兒她恢復了平靜，這時她疑惑地盯著我的眼睛：那句話是否是我說的，或者只是狂風喧囂傳給她的聲響？我則站在她旁邊抽著菸，專心地檢視我的手套。

她挽著我的手臂，我們在山坡附近散步了好一陣子。顯然，那個謎一直讓她心神不寧。有沒有人說過那句話呢？有還是沒有？有還是沒有？這可是事關女人的自尊、名譽、人生、幸福的問題，這非常重要，是全世界最重要的問題。娜堅卡難耐又憂愁地用一種想看穿人的眼神盯著我的臉，沒頭沒腦地應著我的話，她等著看我是不是會親口說出那句話。啊，這張可愛的臉真是戲劇化，表情真豐富！我看到她內心在掙扎，她需要說點什麼、問點什麼，可是她沒找到適當的措辭，她不好意思問，又害怕問，而甜言蜜語帶來的喜悅也妨礙她開口問……

「您知道嗎？」她沒看著我說。

「什麼？」我問。

「我們再……滑一次吧。」

我們費力地爬階梯上山。我再度扶著臉色蒼白、渾身發抖的娜堅卡坐上雪橇，我們再度飛向可怕的深淵，風聲呼嘯和滑道颼颼再度響起，在雪橇滑到最劇烈又最嘈雜的那一瞬間我再度輕聲說：

「我愛您，娜堅卡！」

雪橇停下來時，娜堅卡朝我們一路滑來的山坡放眼一望，然後久久端詳我的臉，仔細聽著我那漠然又枯燥的說話聲，而她全身上下，甚至連暖手筒和長耳雪帽都一起顯現出極度的疑惑不解。她臉上好像寫著：

「到底是怎麼回事？誰說了那句話？是他，還是哪裡傳來讓我聽見的？」

這樣的不清不楚使她不安，讓她失去耐性。這可憐的女孩不回我的話，皺著眉頭，一副要哭的模樣。

「我們要不要回家了？」我問。

「可是我……我喜歡這樣的滑雪，」她紅著臉說。「我們不再滑一次嗎？」

她「喜歡」這樣的滑雪，但卻在我扶她上雪橇的時候，她一如前兩次那樣臉色蒼白，幾乎怕到喘不過氣來，依舊發抖不已。

我們第三次往下滑，這回我注意到她想辦法要看著我的臉、盯著我的唇。於是我拿了手帕遮住嘴巴，一直咳嗽，當我們滑到半山腰，我又成功說出：

「我愛您，娜佳！」

這個謎仍舊是個謎！娜堅卡沉默不語，心裡在想什麼事情……我從滑雪場送她回家，她盡量靜靜地走，並拖慢腳步，一直在等待我是否會當面對她說出那句話。我看得出她的內心有多麼難受，以及她如何克制自己別脫口說出：

「那句話絕不可能是風說的！而我也不想要是風說的！」

隔天早晨我收到一張便條：「如果您今天要去滑雪，就來帶我去。娜。」從這天起，我與娜堅卡就每天去滑雪，乘著雪橇滑下山，我每次都會輕聲說出那句同樣的話：

「我愛您，娜佳！」

很快地娜堅卡習慣了這句話，就像是有了酒癮或嗎啡癮那樣。沒有那句話她就無法過活。沒錯，從山上滑下去依舊很可怕，可是現在，可怕和危險讓這句調情說愛的話添上了一股特別的魅力，這句話依舊是個謎，依舊折磨著她的心。有嫌疑的還是這兩個：我和風……兩者其中誰會向她承認這份愛，她不知道，而她看起來也已經無所謂了；不管用哪個杯子喝酒——還不都一樣，只要能醉就好。

有天中午不知為何我一個人去滑雪場；我混在人群之中，看到娜堅卡正往山坡走去，她的雙眼四處探尋著我……之後她膽怯地沿著階梯爬上去……她是多麼害怕一個人滑雪呀，啊，真是太可怕了！她臉色蒼白得像雪似的，不停地發抖，她一副要上刑場的樣子，然而她還是過去了，頭也不回堅決地走去。顯然，她終於決定要試試看：當我不在的時候，她是否還會聽到那句迷人的甜言蜜語？我看著蒼白的她坐在雪橇上，害怕得嘴巴合不攏，她眼睛閉著與這片土地永別，然後出發了……「颼——颼」……滑道颼颼地響。娜堅卡是否有聽到那句話，我不清楚……我只看到，她最後筋疲力竭地從雪橇裡站起來，虛弱無力。從她臉上看得出來，她自己恐怕也不清楚是否聽到了什麼話。在她滑下去那段時間，恐懼感讓她無能顧及聽音辨字或理解什麼了……

這下到了春日三月天……陽光顯得親切。我們冰封的山頭變得暗沉，不再閃耀光彩，冰雪終於溶化。我們停止滑雪。可憐的娜堅卡已經沒有地方能再聽到那句話，也沒有誰會再說了，因為這時候已經聽不到大風吹，而我也準備要去彼得堡——去很久，應該說是永遠。

大概在出發前兩天左右，黃昏時分我坐在小花園裡，隔壁院子就住著娜堅卡，之間圍著一道頂端有釘子的高高柵欄，隔開了這個小花園……天氣還冷，在堆肥下面仍有些積雪，林木枯寂，但空氣中已經散發著春天的氣息，準備過夜休息的烏鴉喧鬧地叫著。我走近柵欄，在隙縫中看了許久。我看到娜堅卡從屋內走到門口台階上，一副憂傷煩惱的眼神注視著天空……春風直接吹著她那蒼白煩鬱的臉龐……這春風使她想起，在山上滑雪那時候對我們呼嘯的狂風，以及當時她聽到的那句話，她的面容變得更憂傷了，臉頰流下了淚水……然後這可憐的女孩伸出雙手，彷彿祈求這陣風再捎給她一次那句話。於是，一旁的我等到風起時，輕輕說出：

「我愛您，娜佳！」

老天啊，看看娜堅卡變成了什麼樣子！她大喊大叫，滿臉微笑，伸出雙手迎著風，她喜悅又幸福，她是那麼的美麗。

然後我就回去收拾行李了……

這是很久以前的事情了。如今娜堅卡已經結婚，是家人把她嫁出去還是她自己找到人嫁——這都無所謂了，她嫁給一位貴族門下的祕書，目前已經有三個小孩。而我們曾幾何時一起滑雪聽到風捎給她的那句話「我愛您，娜堅卡」並沒有被遺忘；現在這句話對她來說，是她一生中最幸福、最感動、最美麗的回憶……

而我現在年歲老了些，已經不能明白，那時候我為什麼要說那句話，為什麼要開玩笑……[1]

---

[1] 這個結局是契訶夫改寫過的。在最初刊於雜誌的版本中，男主角最後在柵欄後說完那句「我愛您，娜佳！」之後，便衝出去跟狂喜中的女主角承認一切，並向她求婚。契訶夫後來修改了這個闔家歡樂的結局，改為他晚期思想較深刻的風格。

某某小姐的故事[1]

[1] 本篇原作發表於一八八七年十二月二十五日《彼得堡報》，作者署名「A·契洪特」，原題名〈冬天的眼淚——摘自某某公爵小姐的筆記〉。一八九七年作者修訂內容後改為現在的題名。——俄文版編注

與譯注

大概九年前的某一天傍晚，在割草的時節，我和法院的代理偵訊官彼得．謝爾蓋伊奇一道騎馬去車站拿信件。

那天本來天氣很棒，可是回程路上傳來了雷聲隆隆，我們看見一團氣呼呼的烏雲直向我們撲來。烏雲漸漸接近我們，我們也朝它迎面而去。

在烏雲的背景後是我們的房屋和教堂，看起來亮得發白，還有高拔的楊樹也轉成了銀色。

空氣中聞得到雨水和剛割過的乾草味。我的同伴心情爽快極了。他一直笑著，滿口胡言亂語。他說如果我們沿路突然碰上一座中世紀城堡，那裡有鋸齒狀的塔樓，青苔滿布，貓頭鷹出沒，那我們就可以藏在那裡躲雨，最後我們還是不幸被雷劈死，這樣也不壞啊……

而這時襲來第一波雨水打向黑麥田和燕麥田，狂風猛烈，塵埃揚起在空中打轉。彼得．謝爾蓋伊奇大笑，用馬刺刺了一下馬。

「好！」他叫一聲。「太好了！」

我被他的歡樂所感染，一想到馬上就要淋得全身溼透，還可能真會被閃電給打死，於是也跟著笑了出來。

我們在狂風大作中被壓得喘不過氣來，而來回急奔之間又感覺自己輕盈得像隻小鳥，這時心裡面既激動不安又有一種搔到癢處的舒服。我們騎回自家院子的時候，風已經不再刮了，大粒的雨水仍拍濺著草地，敲打著屋頂。馬廄附近沒半個人影。

彼得．謝爾蓋伊奇卸下馬銜，牽馬去馬欄。我站在門檻旁望著斜斜的雨水如條似帶地落下，等著他安頓好；這裡的乾草聞起來甜得撩人心緒，這氣味比在田野上更是濃烈；天色在烏雲和雨水籠罩下越見昏暗。

「好一個雷擊！」在一聲強烈無比的雷擊轟隆之後，天空好像被劈成兩半，彼得．謝爾蓋伊奇走向我說。「怎麼了？」

他跟我一起站在門檻旁，由於剛才來回忙著而呼吸急促，眼睛直望著我。我注意到他是在欣賞我。

「娜塔莉雅．弗拉基米羅夫娜，」他說，「我願付出一切，只求可以這樣站久一點看著您。您今天看起來真是美。」

他的眼睛看起來欣喜無比並流露著懇求，蒼白臉龐的鬍鬚上閃耀著雨珠，連那些雨珠也好像閃著愛意望著我。

「我愛您，」他說。「我愛您，我看到您就感到幸福。我知道您不可能成為我的妻子，但我無所求也無所需，只要讓您知道我愛著您就好。別說話，別答話，也別看我，只要您知道，您對我而言珍貴無比，請容許我看著您就好。」

他的喜悅感染了我。我望著他熱情洋溢的臉，聽著他那摻了雨水喧囂的說話聲，我好像被迷惑住了，無法動彈。

我想要無止境地望著這雙閃亮的眼睛，聆聽著他說話。

「您別說話——這樣才好！」彼得．謝爾蓋伊奇說。「您就一直別說話吧。」

我感覺真好，心滿意足地笑著，在傾盆大雨中往家門裡跑去；他也笑了，並跳著跑來追我。

我們兩個像小孩子一樣喧鬧著，全身溼淋淋，跑得氣喘吁吁，弄得樓梯砰砰響，飛快跑進房間裡。不習慣看到我這麼哈哈笑高興模樣的父親和哥哥，驚訝地瞧瞧我，他們也笑了起來。

雷雨烏雲散盡，轟隆聲沉寂下來，而彼得．謝爾蓋伊奇的鬍子上仍舊閃耀著雨珠子。晚餐之前他整晚都唱著歌，吹口哨，在一個個房間追著狗玩鬧著，差點沒把端著茶炊[1]的僕人給撞倒。他晚餐吃得很多，說了一堆傻話，還說我們信不信：冬天吃新鮮小黃瓜的話嘴巴裡就會有春天的氣味呢。

我躺下睡覺前，點燃蠟燭，敞開窗戶，心底襲來一種不確定的感覺。我想起來我是個自由、健康、顯貴而富有的女人，人們之所以愛我，主要還是因為我顯貴而富有——顯貴而富有——這多好啊，我的上帝！……之後，一股寒意摻著露水從花園溜進我房間，我因此有點發冷而瑟縮在床裡，我想盡量搞清楚，自己愛不愛彼得．謝爾蓋伊奇……但什麼都沒弄清楚我便睡著了。

早晨醒來我看見床上舞動著光斑和椴樹枝椏的光影，我記憶中的昨日種種又栩栩如生復活了。這樣的生活讓我覺得多采多姿，燦爛洋溢。我一邊哼著歌一邊快速穿上衣服往花園跑去……

那麼然後呢？然後——就沒了。冬天我們住在城裡的時候，彼得．謝爾蓋伊奇很少來找我們。鄉村的朋友只有在鄉村和在夏天裡才顯得迷人，到了冬天回到城裡後，他們的美好便喪失了大半。在城裡你要是請他們來喝茶，會讓人覺得他們和身上穿的

[1] 茶炊（Samovar），一種俄式煮水壺，茶炊通常在院子裡生火加熱，水煮沸後再端到餐桌上泡茶。

服裝很不搭，還有他們用湯匙攪茶水也攪太久了吧。在城裡時，彼得．謝爾蓋伊奇有時候也會對我談情說愛，可是完全不像在鄉村時候的那種感覺。在城裡我們彼此更強烈感覺到有一堵牆橫亙在我們之間：我顯貴而富有，但他窮，他甚至不是貴族階級，只不過是教會輔祭[2]的兒子，是法院的代理偵訊官，全部就這樣了；我們兩個都認為這堵牆又高又厚——我是年少不更事才這麼想，而他呢，只有上帝才知道為什麼。他到城裡拜訪我們的時候，總是勉強微笑著，並批評上流社會，當客廳裡有其他人在場，他便陰鬱地沉默起來。沒有哪一堵牆是打不破的，然而現代戀愛裡的男主角，就我了解他們的程度，他們通常太膽小、不積極、懶惰又多疑，他們太輕易向這種想法妥協——認為自己是失敗者或被生活所矇騙；他們不去奮鬥，光只批評這個社會庸俗，卻忘記他們的批評本身也漸漸成了庸俗。

我被人愛過，幸福曾經那麼靠近我，似乎近到與我比肩相鄰；然而我活得太過閒散，我沒盡力了解自己，不知道自己在期待什麼，也不知道想要從生活中得到什麼，而時間卻已經走過流過……從我身邊經過了懷著愛慕的人們，閃過明亮的日與溫暖的

[2]　輔祭（дьякон）是東正教教會裡職位最低的神職人員，不能獨立主持宗教儀式。

夜，傳過夜鶯鳴唱，以及乾草芬芳——這一切在回憶中多麼可愛又教人讚嘆，但卻從我和所有人身邊疾速走過，了無痕跡，還沒受到珍惜就像霧一樣消逝了……這一切都跑到哪裡去了？

父親過世了，我變老了。雨水喧囂、雷聲隆隆、幸福的想像、愛情的對話——昔日這一切我所喜歡的事情安撫過我，給過我希望，但至今徒留回憶，前面我只看到荒涼無邊的遠方：在那平平的原野上沒有一個活生生的人，那裡的天邊陰暗可怕……

門鈴響起……這是彼得．謝爾蓋伊奇來了。冬天我看到枯樹的時候，總會想起它們的枝葉到了夏天會為我而綠，我便喃喃低語：

「欸，我親愛的樹啊！」

當我看到跟我一起度過自己春天的人，心裡頭會冒出一股感傷和暖意，然後也喃喃說著同樣的話。

他早就因為我父親的關照而調到城裡工作。他老了些，臉也消瘦了些。他已不再對我談情說愛，不再胡言亂語，他不愛自己的工作，好像哪裡病了，好像對什麼失望，不再關心生活，日子過得意興闌珊。這時他坐在壁爐旁，沉默地望著火……我不知道要說什麼，只好問：

「嘿，怎麼了？」

「沒什麼……」他回答。

再度沉默。紅色的火光在他憂傷的臉龐上跳動著。

我想起了往日，我的肩膀突然顫抖起來，我低下頭痛哭失聲。我忍不住可憐我自己，可憐這個男人，我熱切地想要回過去的一切，期盼現在的生活還給我們那一切。這時候我已經不再想我是個顯貴而富有的人了。

我嗚咽失聲，摀著自己的太陽穴嘟囔著：

「我的老天，我的老天，生活毀掉了……」

而他坐著不發一語，也沒對我說：「別哭了吧」。他了解哭泣對我是必要的，知道這一刻終究會來臨。我望著他的眼睛，看出他憐憫我；我也憐憫他，但更懊惱他這個膽小的失敗者，他沒有勇氣為我、為他自己建立一個美好的人生。

我要送他出門的時候，他在前廳穿了好久的大衣，我覺得他是故意拖延時間。他默默地親吻我的手兩次，久久凝視著我哭過的臉龐。我心裡猜，這一瞬間他想起了雷鳴、大雨磅礴、我們的歡笑和我那時候的臉龐。他想要跟我說點什麼，他也該要樂於說出才對，但是他什麼也沒說，只搖搖頭，然後用力地跟我握手。上帝保佑他！

送走他之後，我回到書房，又坐在壁爐前的地毯上。火紅的木炭蒙上一層灰燼，漸漸將熄滅。寒流更厲害地撲打著窗戶，風在壁爐煙囪裡嗚吟著某個曲子。

打掃房間的女僕走了進來，她想我是不是睡著了，喊了我一聲……

薇若琪卡[1]

[1] 本篇原作發表於一八八七年二月二十一日《新時代報》，作者署名「安東·契訶夫」。托爾斯泰認為這篇是契訶夫的最佳小說之一。薇若琪卡是薇拉的小名。——俄文版編注與譯注

伊凡．阿列克謝維奇．奧格涅夫記得在那個八月的晚上，他叮叮噹噹打開玻璃門，走到外面的露台。那時候他穿一件輕便斗篷，戴著寬檐草帽，這頂帽子現在已經跟長統皮靴一起扔在床下灰塵裡了。他一手拿著一大捆書和筆記本，另一手拄著一根多枝節的大木棍。

屋主庫茲涅佐夫站在門後面提著燈幫他照路，他是位禿頂的老先生，蓄了一把長長的灰白鬍子，身上套著雪白色浮紋織布外衣。老先生溫厚地微笑點頭。

「再會了，老人家！」奧格涅夫對他大聲說。

庫茲涅佐夫把燈擱在小桌上，也走到外面露台去。於是兩條狹長的影子穿過門廊台階往花壇晃蕩過去，影子的頭頂著椴樹樹幹。

「再會，再一次感謝，親愛的！」奧格涅夫說。「感謝您的殷勤款待，感謝您的關愛和溫馨……我生生世世永遠都不會忘記您的好客。不只您好，您的女兒也好，您這裡所有人都善良、快樂、殷勤……這麼棒的一群人，好到我不知道該怎麼說！」

由於感情澎湃和剛剛喝了果子酒[1]的影響，奧格涅夫激動得用以前在學校唸書時如

[1] 將水果或漿果浸在伏特加酒中泡製成的烈酒。

歌似的聲調說話，後來甚至感動到無法用言語表達，只能眨眨眼睛，抖抖肩膀。庫茲涅佐夫也微有醉意，同樣深受感動，探頭過去親吻這位年輕人一下。

「我已經熟悉了你們，就像獵犬認主人似的！」奧格涅夫繼續說。「我幾乎每天都晃到您這邊來，在這裡過夜有十次了吧，喝了多少的果子酒啊，現在想起來都覺得可怕。加弗里爾．彼得羅維奇，我最想感謝的是您的合作與協助。沒有您的話，我這裡的統計工作到十月前都可能忙不完。我會在工作報告的前言中這樣記下：我必須表達我對某縣的地方自治會執行處主席庫茲涅佐夫的感謝，感謝他的合作無間。統計工作的未來光明無限啊！請您轉達薇拉．加弗里洛夫娜，還有醫生、兩位偵查員及您的祕書，我要向他們致上萬分的感謝，我永遠不會忘記他們的協助！現在，老先生，我們來擁抱吧，最後的吻別了。」

奧格涅夫激動不已，再次親吻老先生後往台階下走，到最後一階時他回身問：

「我們什麼時候會再見面嗎？」

「上帝才知道！」老先生回答。「可能永遠不會啦！」

「是啊，沒錯！無論什麼都引誘不了您去彼得堡的，而我以後也不太可能再到這個縣來。那麼，永別了！」

「您可以把書留在這裡呀！」庫茲涅佐夫在他身後大喊。「您何必搬這麼重的東西走？我明天找人幫您送去就好了。」

但是奧格涅夫已經聽不到，他快速離開了房子。他心底被酒給烘得熱熱的，感到愉快溫暖，同時又有點感傷……他走著想著，人生中有那麼多機會遇上好人，遺憾的是，相遇之後除了回憶就沒別的留下來。這就像天邊隱約乍現一群野鶴，微風捎來牠們那悲喜交織的叫喊聲，而下一分鐘，不管多麼用力眺望遠方藍天，都沒法看到任何一個小黑點，也聽不到任何聲音了——人們似乎也是如此，他們的樣貌和話語在生活中忽倏而過，便沉落在我們的過往中，除了無用的回憶痕跡，什麼也沒留下。奧格涅夫從一開春就在這個縣住下，幾乎每天都去殷勤好客的庫茲涅佐夫家，他已經與老先生和他女兒及僕人相處熟稔，像是親戚一樣，他對整個屋子裡裡外外都一清二楚，記得舒適的露台、林蔭小徑的每個彎道、廚房和浴室上方的樹木輪廓；但他現在一走出院子的籬笆門，這一切將轉變成回憶，他會永遠喪失這份現實的意義，再過一兩年，所有這些可愛的樣貌漸漸會在他的認知中淡去，變得像虛構幻想的東西一樣了。

「生活中沒有什麼比人還珍貴的！」奧格涅夫沿著林蔭小徑步向籬笆門，情緒激動地想。「一點也沒有！」

花園裡又靜又暖。木犀草、菸葉和天芥菜漫著芬芳，花壇上這些花草尚未凋謝。灌木叢和大樹幹之間的空隙，填滿了柔柔淡淡的霧氣，裡面浸透著月光，在奧格涅夫的記憶中久久留著的，就是這一朵朵幽靈似的霧，它們靜悄悄但肉眼可見一朵接一朵橫越林蔭小徑飄去。月亮在花園上空高高掛著，它的下方有透明的霧點朝東方散去。整個世界好像只是由這些黑色的暗影和流動的白影所形成，奧格涅夫恐怕是人生頭一遭在這八月的月夜裡觀霧，他想像著自己看到的不是大自然，而彷彿是一幕舞台布景──那裡有幾個藏身在樹叢下的煙火技師，原想用銀白色的孟加拉式煙火[1]來照亮花園，但技術不夠好，打亮煙火的同時還大量燒出了一朵朵白煙飄到空中。

當奧格涅夫走近花園的籬笆門，有一個黑影從低圍欄那邊朝他迎面過來。

「薇拉．加弗里洛夫娜！」他高興起來。「這是您嗎？我找啊找，想與您道別……再會，我就要離開了！」

「這麼早？可是才十一點。」

---

[1] 台灣稱仙女棒煙火，文中所指應有蠟燭或火把般大小，這種煙火傳說是孟加拉那裡發明的，後由印度傳至世界。

「不，是時候了！我得走五里[2]路回去，而且還要收拾行李。明天要早起……」

奧格涅夫面前站著的是庫茲涅佐夫的女兒薇拉，她是個二十一歲的女孩，像往常一樣面帶愁容，穿著不講究，是個漂亮的女孩子。這一類女孩常常夢想，可以一整天躺著慵懶地看著手邊拿到的任何書，她們覺得生活乏味，常發愁，對衣著毫不在意。而這種人之中卻有一些天生擁有美的品味與直覺，因此衣著上的漫不經心反而造就了特別的美妙。至少奧格涅夫在爾後回想起美好的薇若琪卡時是這麼覺得，他無法想像她不穿那件寬大的短袖連衣裙，腰身起著很深的皺摺，卻寬得觸不到身軀，也無法想像她梳高的髮型不在額頭上露出那一綹捲髮，他更不可能會忘記那條邊緣縫著絨絨小毛球的紅色針織披巾，在無數個晚上這披巾鬱鬱地垂在薇若琪卡的肩膀上，就像無風時候的旗幟一樣，而白天則被揉皺成一團，擱在前廳靠近男士帽子旁，或者就直接丟在餐廳的斗櫃上，讓那裡的老貓不客氣地賴在上面睡覺。這條披巾和起皺的連衣裙散發著一種自在慵懶、居家心境與善良溫婉。或許是因為奧格涅夫喜歡薇若琪卡，他才能在她的每一顆鈕扣和每一層皺摺裡，讀出某種溫馨愜意又純真的東西，還讀出某種

[2]　這裡指俄里，全書亦同，一俄里等於一．〇六公里。

美好詩意的特質——這正是那些不夠真誠、喪失美感、冷漠的女人身上所欠缺的。

薇若琪卡身材姣好，擁有標緻的輪廓和美麗的捲髮。奧格涅夫一輩子對女人閱歷很少，她對他來說就是個美女了。

「我要走了！」他在籬笆門口跟她告別。「別記起我的壞處！感謝一切！」

他一樣用那種剛剛跟老先生談話時吟誦似的聲調說，同樣眨著眼睛抖著雙肩，他感謝薇拉的好客、溫馨和殷勤款待。

「我給母親的每一封信裡都提到了您，」他說。「要是沒有像您和您父親這樣的人，真不敢想像世間生活會是如何，恐怕會亂七八糟。你們所有人都太棒了！都是淳樸、熱心又真誠的人。」

「您現在打算去哪裡？」薇拉問。

「我現在要去奧廖爾[1]找母親，會在她那裡待兩個禮拜左右，再從那裡去彼得堡工作。」

---

[1] 奧廖爾（Oryol），奧廖爾省的首府。此地也是作家屠格涅夫的故鄉，因而讓人聯想到屠格涅夫筆下的男主角形象——思想的巨人，行動的侏儒——對照本文男主角的性格，有一番契訶夫式的嘲弄趣味。

「然後呢？」

「然後？我會工作一整個冬天，到下個春天我又要去某個縣蒐集資料。那麼，祝您幸福，長命百歲……別記起我的壞處。我們不會再見面了。」

奧格涅夫彎身親吻薇若琪卡的手。之後他在一股悄然的激動中理了一下斗篷，盡可能舒服地提著那一捆書，沉默一陣又說：

「起了好多的霧啊！」

「是啊。您沒忘記什麼在我們這吧？」

「什麼？好像，沒有……」

奧格涅夫默默站了幾秒鐘，隨後笨拙地轉身離開花園。

「請您等一下，我送您到我們森林邊。」薇拉跟著他出去說。

他們沿著馬路走出去。到這裡樹木已經不再遮住曠野，可以看得到天空與遠方。整個大自然隱藏在半透明的煙霧中，彷彿蒙著面紗，大自然的美透過這層霧反而更顯開朗；霧漸漸越濃越白，不均勻地臥在乾草垛和灌木叢附近，或者是一小朵一小朵地晃蕩過馬路，壓向地面，好像是盡量別擋住曠野似的。透過煙霧可以看到整條通往森林的馬路，路兩側有暗暗的溝渠，生長在渠裡的小灌木叢阻礙了一朵朵的霧橫越過去。

在籬笆門外半里路遠的地方，庫茲涅佐夫家那片森林看起來變得暗沉沉。

「她幹嘛要跟我走這一段？到時候我又得送她回去！」奧格涅夫心裡想，但他看著薇拉的輪廓，又甜蜜地笑一笑說：

「真不想在這種好天氣離開！這個晚上多麼浪漫，有月光，有寧靜，該有的都有了。薇拉．加弗里洛夫娜，您知道嗎？我在這世上已經活了二十九年，可是這輩子一次戀愛都沒談過，連一個愛情際遇也沒有，不管是約會或是在林蔭小徑裡的愛慕嘆息或接吻，這些我都只是聽人說而已。這不正常！在城市裡，一個人待在房間的時候，並不會發現這樣的人生空白，可是到了這裡，在新鮮空氣薰陶下，這個空白就會被強烈感受到……不知為何這真是讓人難過！」

「您怎麼會這樣呢？」

「我不知道。大概，一直以來都沒有時間，而或許只是沒機會遇上那樣的女人讓我……總之我認識的人少，我沒什麼地方可去。」

兩個年輕人沉默地走了約莫三百步之久。奧格涅夫瞧著薇若琪卡沒戴帽子的頭和肩上的披巾，春夏時光那些日子再度在他心裡一個個湧現；那段時間他遠離了彼得堡那間灰暗的公寓房間，享受著這些好心人的溫馨款待、大自然，以及他喜愛的工作，他無暇顧及晨曦晚霞是怎麼輪替的，一個接著一個，像是在預告夏日時光不再似的，先是夜鶯停止了歌唱，跟著是鶴鶉，之後是長腳秧雞……時光在不經意間飛逝，這表示生活過得又好又輕鬆……他開始喃喃自語地回想，沒錢又不習慣走動和打點人際關係的他，當初是多麼不甘願在四月底來到這個縣城，他原本預期這個地方會很無聊、孤單，當地人會對統計工作反應冷漠，而在他看來，統計工作目前在科學領域中已占有最重要的地位了。他在一個四月的早晨抵達此地，投宿在一位舊教徒里亞布欣開設的大旅店，那裡過一夜要價二十戈比，給他一間明亮乾淨的房間，房裡規定禁菸，他得到街上抽。休息過後，他打聽到誰是這裡的縣地方自治會執行處主席後，他立刻步行前去探訪這位庫茲涅佐夫老先生。得要走四里路才到，沿途滿是繁茂的草地和新生的小樹林。白雲之下雲雀閃動，空中充滿銀鈴般清脆的鳴叫，在新綠的耕地上，烏鴉氣派又架勢十足地揮舞著翅膀，跑來跳去。

「老天啊，」奧格涅夫那時候驚嘆，「難道這裡一直都可以呼吸到這種空氣，還是這樣的芬芳只有今天為了我的到來才有？」

他預料會碰到一個冷淡、公事公辦的接待，因此心虛地進到庫茲涅佐夫家，他蹙著眉頭看對方，靦腆地揪著自己的鬍鬚。老先生起先也皺眉，他不了解，為什麼這位年輕人和他的統計工作會需要地方自治會執行處的協助，但是當年輕人向他仔細解釋統計資料是什麼以及該在哪裡蒐集資料後，老先生豁然明瞭，微笑一下，開始有一股孩子氣的好奇心來翻看他的小筆記本……就在當天晚上，奧格涅夫已經坐在庫茲涅佐夫家吃晚餐，沒多久就因為喝了很烈的果子酒而醉了，他望著眼前新認識的人，看著他們那寧靜的臉龐和遲緩的行動，感覺全身上下有一股甜蜜又昏昏欲睡的慵懶，這時候他只想睡覺，想伸懶腰，想笑。而剛認識的朋友們善意地瞧著他，問他父母是否健在、一個月賺多少薪水、是否常去劇院……

奧格涅夫回想起自己到各地鄉間去旅行、野餐、釣魚，想起組團到少女修道院拜訪女院長瑪爾菲，她會贈送給每位訪客一個串珠錢包，還想到激烈又沒完沒了的典型俄國式爭論，好爭辯的人口沫橫飛用拳頭敲著桌子，這些人彼此不理解，頻頻插話，他們沒注意到自己的每一句話都相互矛盾，經常改變話題，爭論兩三個鐘頭後，大家才笑著說：

「鬼才知道我們是為了什麼在吵！剛開始明明很好，結束得卻很糟！」

「您記不記得，我和您和醫生曾一起騎馬去舍斯托沃？」兩人快到森林前，奧格涅夫對薇拉說。「那時候我們還遇到一位瘋瘋癲癲的苦行僧。我施捨了他五戈比硬幣，而他幫我劃了三次十字後，就把硬幣丟到黑麥田裡去了。老天啊，我能帶走多少這些印象，要是能夠把它們收攏起來緊緊堆攢，那麼就會變成亮麗的金塊囉！我不明白，為什麼聰明又有情感的人們要擠在首都而不來這裡？難道在涅夫斯基大道[1]或窩在那潮溼的大房子裡，會比這裡更遼闊或有更多的真理嗎？的確，在那些附家具的公寓房間裡，從上到下住滿了藝術家、學者、記者，真讓我覺得他們有偏見。」

離森林二十步遠的地方，一座四端有小柱的小狹橋橫跨馬路，這裡經常是庫茲涅佐夫家和他們的客人夜晚散步時的短暫停留處。有人會在這裡玩林間回聲的遊戲，還可以看到接下去的馬路漸漸隱沒在黑暗的林間通道裡。

「嘿，小橋到了！」奧格涅夫說。「您應該在這裡回頭了……」

薇拉停下來，喘一口氣。

「我們坐一下吧，」她說，然後坐在一根小柱頂上。「一般人在臨別之前，通常會坐一下。」

奧格涅夫靠在她旁邊，不太舒服地坐在他那捆書上面，他繼續說他的話。她則因

---

[1] 俄國當時首都聖彼得堡最主要的街道之一，或稱涅瓦大道。

走這一段路的關係而呼吸急促，她沒有看奧格涅夫，只望著另外某個方向，因此他看不到她的臉龐。

「要是匆匆十年過後我們再見面，」他說。「到時候我們會變成什麼樣子呢？您會變成一位人人敬重的母親吧，而我也成了在某種程度上受人景仰的統計彙編作者，事實上這種書有四萬冊之多，根本沒人要讀。我們重逢並回憶舊日時光……現在我們所感受到的當下，讓我們情緒高昂又激動，然而下次重逢的時候，我們恐怕記不得，是哪天哪月甚至哪一年在這座小橋的最後會面了。您大概會改變……聽我說，您會變嗎？」

薇拉顫抖一下，轉身面對他。

「什麼？」她問。

「我正在問您……」

「對不起，我沒聽到您說什麼。」

奧格涅夫這才注意到薇拉整個人不一樣了。她變得臉色蒼白，喘不過氣來，呼吸顫抖得遍布全身，一直抖到手、嘴唇和頭上，她梳的髮型冒出了兩綹捲髮，不像往常只有一綹……看樣子，她是避免直接與他四目對望，好盡量掩飾自己的緊張，她一下子整一整似乎是卡到脖子的衣領，一下子又把自己的紅色披巾從這肩挪到另一肩……

「您好像會冷，」奧格涅夫說。「坐在霧中對身體不太好。讓我來帶您回家吧[1]。」

薇拉不說話。

「您怎麼了？」奧格涅夫微微一笑。「您不說話也不回答。您是身體不舒服還是生氣了？啊？」

薇拉把一隻手掌緊緊摁在面向奧格涅夫的臉頰上，隨即急速地縮回手。

「真可怕的情況……」她一臉痛苦無比的表情喃喃自語。「可怕！」

「什麼情況可怕？」奧格涅夫聳聳肩問，沒有掩飾自己的驚訝。「是什麼事？」

薇拉仍舊呼吸急促，雙肩顫抖，她轉身背對他，望著天空半分鐘後說：

「我有話要跟您談一談，伊凡．阿列克謝維奇……」

「我在聽。」

「您可能會覺得奇怪……會驚訝，但我不管了……」

奧格涅夫再次聳聳肩，已經準備好聽她說。

[1] 原文用俄文字母拼音的德文。

「是這樣……」薇若琪卡開始說，低下頭手指揪著披巾的小毛球。「您注意到沒，我想要跟您……說的這個……您會覺得奇怪……會覺得傻，而我……我再也受不了。」

薇拉的話轉成不清不楚的喃喃低語，話語因哭聲而突然中斷。這女孩用披巾掩面，頭更低了，痛哭失聲起來。奥格涅夫困窘地發出咳的一聲，驚訝莫名，他不知道該說什麼該做什麼，無助地環顧四周。由於不習慣看到別人哭泣流淚，他自己的眼睛也開始癢了起來。

「唉，怎麼還這樣！」他慌張地喃喃說著。「薇拉．加弗里洛夫娜，這是何必呢，請問？親愛的，您……您病了嗎？還是誰欺負了您？您說說看，或許我……可以幫忙……」

他想試著安撫她，小心謹慎地讓自己挪開她捂在臉上的手，這時候她含著淚對他微微一笑，並說：

「我……我愛您！」

這不過是普通人說的普通話，聽來稀鬆平常，但是奥格涅夫卻十分尷尬地從薇拉面前轉過身，然後站起來，尷尬之後隨即感到一股震驚。

先前的道別和果子酒帶給他的憂愁、溫暖和感傷的情緒瞬間消失無蹤，隨之而來的是又急又刺的困窘感。彷彿他的心在身體裡頭翻轉著，他斜望著薇拉，告白愛情之後的她，現在已經褪下了原先裝飾在女人身上的高不可攀，這讓他覺得她好像身材變矮了，變得普通又黯淡了。

「這到底是怎麼回事？」他內心驚恐。「可是我對她……是愛還不愛？這就是問題所在！」

當她終於把最重要、最難以承受的心事說出來後，呼吸就變得輕鬆自然些。她也站起來，直盯著奧格涅夫的臉，開始情不自禁又急忙熱烈地說了一連串的話。

一個突然受到驚嚇的人不可能立刻回過神來，搞清楚令人震驚的災難的那些話聲是如何發生的，奧格涅夫也是這樣，他無法想起薇拉剛說過的話和句子。他只記得她話裡的大概意思、她本人的樣貌，以及她的話在他內心產生的感受……記得她的話聲中帶著焦慮而略微嘶啞，彷彿被掐著似的……還記得她聲音裡有不尋常的樂音起伏及熱情的調子。她又哭又笑，睫毛上閃耀著小淚珠訴說著：她從一開始認識他的那幾天，就被他的獨特、聰明、善良睿智的眼神、工作任務和生活目標所深深吸引，那一刻她已經熱情、瘋狂、深刻地愛上了他；夏天有時候她從花園走進屋子時，看到他放在前廳的斗篷，或者是遠遠聽到他的聲音，那麼她的心裡就會拂來一陣清涼，預感到幸福；

甚至他的空泛笑話也能使她哈哈大笑，而在他筆記本裡的每一個數字，她都看到某種不同凡響的睿智和偉大，連他那根多枝節的手杖也讓她覺得比樹木還要美麗。

此時，森林、朵朵霧氣和馬路兩邊的暗沉溝渠，似乎都靜了下來聆聽著她，但在奧格涅夫的心中，卻是冒出了某種不太妙又怪異的感覺……薇拉告白愛情時的模樣格外迷人，她話說得漂亮又熱情，而他感受到的卻不是如他所想像的那種享受和人生喜悅，只感到對薇拉的同情，以及他讓這個好女孩難過的心痛和遺憾。老天才知道，他是書讀太多的理智在作祟，還是擋不住客觀慣了的影響，這種客觀經常妨礙人們感受生活，然而或許只是薇拉的狂喜和苦惱讓他覺得這太過甜美、不夠認真，可是與此同時他內心又有一種感覺在掙扎，對他輕聲細語，說他現在所見所聞的一切，無論從外在環境或個人幸福的角度來看，比所有的統計學、書籍、真理還要嚴肅……他生氣怪罪自己，儘管他不明白自己到底錯在哪裡。

他陷在極度困窘中，完全不知道自己該說什麼，但這時候不說話又不行。要直接說「我不愛您」，他可沒辦法，要說「是，我愛」，他卻說不出口，因為他無論怎麼苦苦挖掘自己內心，也找不到一丁點愛情的火花……

他沉默不語，而她這時候依然講個不停，她說想見到他，想要跟他走，哪怕現在就走，無論去哪都行，要當他的妻子和助手，對她而言沒有比這些還要更幸福的事情了，她還說如果他棄她離去，那她會憂傷而死……

「我無法待在這裡！」她說，一邊拗著手。「我厭煩了這裡的房子、森林、空氣。我無法忍受這一成不變的平靜和漫無目的的生活，無法忍受我們這裡平淡無奇又黯淡無光的人，這些人個個都相似，像一滴滴的水似的！他們全都很熱心、溫馨，因為他們衣食無缺，沒有受過苦，沒有奮鬥過……而我正想要去住在又大又溼的房子，跟那裡的人們一起受苦，想要被勞動和貧困磨一磨……」

這些話對奧格涅夫來說實在太過甜美，不夠認真。當薇拉說完，他還是不清楚該說些什麼，但沉默也不是辦法，於是他喃喃地說：

「薇拉·加弗里洛夫娜，我非常感謝您，儘管我覺得我根本沒有資格得到這份……您所說的……情感。再來，身為誠實的人，我應該要說出……幸福是基於對等的立場，也就是說當雙方……都一致愛上對方……」

然而這一瞬間奧格涅夫不好意思繼續說下去，他沉默了。他感覺到，這個時候他的臉一定很愚蠢、罪惡、呆板，且不自然緊繃著……薇拉應該可以讀出他臉上的真正意思，因為她突然變得嚴肅，一臉蒼白，她的頭像花凋謝似的垂了下來。

「請您原諒我，」奧格涅夫忍不住沉默又嘟囔起來。「我是這麼尊重您……真讓我心痛不已！」

薇拉驟然轉身，快步往莊園走回去。奧格涅夫跟在她後面。

「不，不需要！」薇拉說，手甩著披巾的流蘇朝他揮一揮。「別過來，我自己會走回家……」

「不，總該要……不能不送啊……」

奧格涅夫不說了，他自己都覺得再說任何話只會討人厭，也沒法說出什麼新名堂來。他每走一步就滋生一點罪惡感。他氣自己，雙拳緊握，咒罵自己既冷漠無情又不善與女人交際。他想盡量激發自己的情感，於是望著薇若琪卡的美麗身軀，望著她的辮子，以及她那小小腳掌印在塵土路上的足跡，回想著她說過的話和流過的淚，可是那一切只讓他心生憐憫，沒有辦法讓他心靈感動。

「啊，愛情真是不能勉強的！」他內心確信，同時卻又想：「那我到底什麼時候才可以愛得不勉強呢？我都快要三十歲了！像薇拉這麼好的女人我不曾遇過，以後也永遠不會遇到了……啊，過早的衰老！三十歲就老了！」

在他前面的薇拉越走越快，頭也不回，低著頭。他覺得她憂傷到臉頰都消瘦了，肩膀也縮小了……

「我可以想像得到這個時候她心裡的滋味！」他望著她的背後想。「恐怕是羞恥痛苦到想死！天啊，這其中多麼有生命力、詩意和意義呀，就連石頭都會為之感動，而我……我真是又笨又不可理喻的人！」

薇拉在籬笆門旁匆匆瞄他一眼，然後彎下身子，拉緊披巾裹住自己，沿著林蔭小徑快步走進屋去。

留下奧格涅夫一個人。他回頭朝森林而去，緩慢走著，常常停下來回顧籬笆門，全身上下的肢體動作呈現出一種表情，彷彿不相信自己似的。他的眼睛在路上搜尋著薇拉的小腳足跡，他不相信這位他那麼喜歡的女孩，剛剛才對他告白愛情，而他卻那麼笨拙粗野地「拒絕了」她！這是他生平頭一遭實際體認到——人的確很少依著內心本善行事，明明自己受過了熱情好心人士的款待，卻心手不一地把殘酷、不該有的痛苦回報給自己親近的人。

他良心痛苦不安，在薇拉從他面前消失後，他開始覺得他喪失了某種非常珍貴、親切而且再也無法找回的東西。他感到他的青春有一部分跟著薇拉一起溜走了，在那一瞬間他多麼無望地承受著，以後不會再有那樣的感覺了。

走到小橋時他停下來深深思索。他想要找出自己異常冷漠的原因。對他來說已經清楚了，他的冷漠不是外在的，而是由內生出的。他誠實面對自己，認知到，他這不是那種聰明人常自誇的理性冷靜，也不是自私自利的笨蛋的冷漠，而只是內在心靈的懦弱無力、無能領會深刻的美，還有因為教養方式、為一小塊麵包而失序鬥爭、無家庭的外宿生活等等造成的早衰使然。

他似乎不太甘願地慢慢從小橋往森林走去。在這個漆黑濃密的陰暗之中，到處急劇閃動著斑斑月光，在那裡除了自己的思緒他什麼也沒感受到，他熱切地想要回他所喪失的東西。

奧格涅夫還記得後來他又再走回去一次。他用回憶煽動自己，強迫在自己的想像中描繪出薇拉的模樣，他快步向花園走去。沿途和花園裡的霧已經散了，天空俯瞰著彷彿洗淨了的明月，只有東方起了一點霧靄變得陰暗些……奧格涅夫記得自己小心翼翼的腳步、暗了的窗戶，以及濃郁的天介菜和木犀草的芬芳。屋子外熟識的卡羅友善地搖著尾巴，走到他跟前嗅一嗅他的手……牠是這裡唯一活生生的動物目睹了這個場景：他繞著屋子走一兩圈後，在薇拉的暗窗前站一會兒，揮一揮手，深深嘆一口氣，然後走出了花園。

一個小時後他回到了城內，精疲力竭又身心俱裂的他，把紅熱的臉和身體靠在旅店的大門上，手敲著門把。城裡某處有一隻半睡不醒的狗叫吠著，教堂附近也響起了打更的鐵板聲響，彷彿在回應他的敲門聲。

「你每夜晃來晃去……」身上穿著類似女用長衫的旅店老闆埋怨著，幫他打開了門。「閒晃個什麼，不如好好祈禱上帝。」

奧格涅夫走進自己的房間，坐倒在床鋪上，久久看著燈火，然後他甩一甩頭，便開始收拾行李……

阿麗阿德娜[1]

[1] 本篇原作發表於一八九五年十二月號《俄羅斯思想》雜誌，副標：短篇小說，作者署名「安東．契訶夫」。俄國劇場導演梅耶荷德曾大表讚賞這篇小說。——俄文版編注與譯注

一艘從敖得薩駛往塞瓦斯托堡[1]的輪船，甲板上有位長得相當俊美、蓄著圓形鬍子的先生，他走到我面前點菸，對我說：

「請注意這些坐在操控室附近的德國人，要是德國人或英國人聚在一起，總是在談論羊毛價錢或田產收穫，談個人的私事；可是不知道為什麼我們俄國人聚在一起時，便只會談女人和崇高的議題。不過最主要的——還是談女人。」

這位先生我很面熟了。前一晚我們搭同一班火車從國外回來，還有在沃洛奇斯克[2]也看過他，在海關檢查時他和一位女伴在一起，站在堆積成山的行李箱和裝滿女用服裝的籃子前，我看到他不得不為一條絲巾付關稅而顯得困窘鬱悶，而他的女伴則表示抗議並威脅要向人投訴；之後我們同行去敖得薩，我又看到他一會拿餡餅一會拿柳橙，忙著送到女士車廂那邊。

天氣潮溼，船身有點搖晃，女士們都回到自己的艙房休息。這位圓鬍子先生坐到我旁邊，繼續說道：

[1] 敖得薩、塞瓦斯托堡各位於克里米亞半島的東南岸、西南岸。

[2] 沃洛奇斯克（Volochisk），位於烏克蘭西部鐵路線上的城市。

「對，當俄國人聚在一起，盡只談些崇高的議題和女人。我們是多麼智識非凡，多麼了不起，才講得出一些真道理，而我們能夠討論的也只有高級的問題。俄國的演員不會搞笑，連笑鬧劇也要深思熟慮地演；這就是我們——甚至有時候不得不談到生活瑣事，我們仍一概以崇高的觀點來大發議論。這是不敢勇於面對、不真誠又機巧的。我們之所以這麼常談女人，我覺得是因為我們不滿足。我們太過理想化地看待女人，提出遠超過她們能力可及的要求，所以我們得到的遠非我們所期待的，結果當然不滿足、希望破滅、心靈傷痛，而越是受傷就越想要談論女人。繼續談這個話題您不會覺得無聊嗎？」

「不，一點都不。」

「既然這樣，請容我自我介紹，」我的同伴稍稍起身說。「伊凡·伊利奇·沙莫興，從某些方面來看算是莫斯科地主……而您是誰我可是相當清楚了。」

他坐下，和藹誠懇地看著我的臉說：

「像這樣反覆談論女人，在某些二流哲學家的眼裡，例如馬克斯·諾爾道[1]可能會

[1] 馬克斯·諾爾道（Max Nordau, 1849-1923），匈牙利作家、社會評論家、猶太復國主義組織領導人。

用色情狂的觀點來詮釋，或者說因為我們都是農奴地主的關係之類的，我則是用另一個角度來看待這件事。我再說一次：我們不滿足，因為我們是理想主義者。我們無非就是希望，孕育我們和我們子孫的女性，比我們和世上一切都要崇高。當我們年輕時，我們會美化、盲目崇拜我們所愛的人；愛情與幸福對我們而言是同義詞。在俄羅斯，我們的婚姻若非以愛結合是會被蔑視的，感官之愛是可笑的，並使人厭惡，有些小說之所以獲得最大的成功，無非是裡面把女人寫得美麗、詩意又崇高。如果說俄國人長久以來讚嘆拉斐爾的聖母形象，或關心女性解放，那我向您保證，這是一點都不假的。然而，悲哀也正在這裡。我們才剛和女人結婚或交往，過了兩三年，我們便已經覺得失望受騙；一旦再和其他女人交往，得到的還是失望和驚恐，最終我們確信，女人愛撒謊、斤斤計較、追求虛幻的名利、沒是非、思想不成熟、殘酷，總歸來說，她們不僅沒有高於我們，甚至遠遠低於我們男性到難以估量的地步。於是不滿足、被欺騙的我們，除了抱怨，邊說些我們是如此殘酷地被矇騙之類的話，此外就沒有其他任何辦法了。」

當沙莫興說話時，我注意到，能在俄羅斯境內說俄國話讓他相當心滿意足，這大概是因為他在國外太過思念故鄉的緣故。他讚美俄國人並認為俄國人有難能可貴的理想主義，同時並沒有惡意批評外國人，這點他人還算不錯。然而他心底悶悶不樂也很明顯，與其談女人他或許更想談談自己本身，不避諱想讓我聽聽一些像是懺悔的冗長故事。

的確，在我們點了一瓶葡萄酒乾了一杯後，他開始說：

「記不記得，在維里特曼[1]的某篇小說裡，有誰這麼說過：『故事就是這樣！』而另一位回答：『不，這不是整個故事，而只是故事的序幕。』我至今所說的也是如此，只是序幕，我其實想要告訴您我自己最近一次的愛情故事。對不起，我還要問一次：您聽這些不覺得無聊嗎？」

我說不無聊，他便接著說：

「事情發生在莫斯科省，在一個北邊的縣裡面。我得告訴您，那裡的大自然真是令人驚歎。我們的莊園位在湍流岸邊的高地上，就是所謂的急水之地，日夜河水喧囂；您想像一下，廣闊的古老花園、宜人的花圃、養蜂場、菜園，下面的水岸邊有一片繁

---

[1] 維里特曼（Alexander Weltman, 1800-1870），俄國作家、考古學家，俄國偵探推理類型小說先驅，著有多部歷史及幻想類型小說，包括俄國的第一部烏托邦小說《三四四八年》。

茂的柳樹林，在大露時分看似有點朦朧發毛，彷彿枝頭斑白，而對岸草地後面的小土丘上，有一片可怕漆黑的針葉林，林子裡面生長著若隱若現的松乳菇，密林之中還有駝鹿出沒。我以後要是死了，人們把我裝進棺材裡，您可知道，我彷彿還會夢見這裡陽光刺眼的清晨，或是奇妙的春天夜晚花園裡裡外外的夜鶯和長腳秧雞合鳴高歌，加上從村子傳來的手風琴聲、家裡的鋼琴聲、河水的喧囂——總結一句話，這般的天籟之音，令人不由自主地想大哭一場又想放聲歡唱。我們的耕地不大，但是從草地和林地的收穫能帶給我們一年大約兩千盧布的收入。我是父親的獨生子，我們都是節儉的人，這些錢加上父親的退休金，完全夠用。大學畢業後的頭三年我在鄉下度過，管理家產，一直等著地方選舉中我有被選到哪裡去當差的機會，但主要是，我深深愛上了一位不平凡又美麗迷人的女孩子。她是我鄰居地主的妹妹，這個地主科特洛維奇是個沒落的貴族，他的財產就是那些鳳梨、頂不錯的桃子、避雷針和院子裡的噴泉，手頭上卻沒什麼錢。他無所事事，也無所能做，整個人委靡不振，簡直像是燉爛的蘿蔔做成的；他用順勢療法醫治鄉民，沉迷招魂術。他這個人，可以說也算客氣、溫和、不笨，但我對這種跟鬼魂交談、用催眠術醫治村婦的人可沒興趣。首先，智力上受限的人理解力總是很亂，跟他們談話很辛苦，其次，他們通常誰也不愛，不和女人一起生活，思緒敏銳的人對這種神祕兮兮的生活方式不會有好感。還有他的外表我不喜歡。他個頭高，白白胖胖，頭卻小，小眼睛閃亮亮的，手指白皙柔軟。握手的時候不像是在握手，而是在搓揉您的手。總是在道歉，求人的時候對不起，給人東西的時候也對不起。說到他的妹妹，從臉蛋上看來還真是兩碼子戲。必須提醒您，我在童年和青少年時期並不認識科特洛維奇一家，因為我父親在偏遠的某地當教授，我們長期住在外省，我認識他們的時候，這個女孩已經二十有二了，早已從貴族女子中學畢業，住過莫斯科兩三年，那邊她的有錢阿姨已經帶她進社交圈打滾了。當我與她相識初次交談時，她那罕見的美麗名字『阿麗阿德娜』立刻教我驚豔。這名字真是配她！她是個黑髮小姐，纖瘦苗條，曲線靈巧，婀娜多姿，臉蛋的輪廓雅致且高尚無比。她也有一雙閃亮的眼眸，不同於她哥哥是閃亮得如冰糖般冷而甜膩，她的眼神則是閃耀著美麗和驕傲的青春。與她相識第一天，我便被她征服了——其實也不可能會有其他結果。第一印象是多麼強而有力，至今我仍無法忘懷那個倩影，我一直在想，大自然創造這個女孩子的時候，一定有某種令人難以想像的用意。阿麗阿德娜的聲音、腳步、帽子，甚至她在沙灘上釣魚時踩過的足跡，都勾起我的喜悅以及對生活的熱烈渴望。我是依照美麗的臉蛋和外表來評斷一個人的心靈狀態，阿麗阿德娜的每一句話、每一抹微笑，都令人讚嘆，博得我好感，我估量她必有一個高尚的心靈。她很溫柔，愛說話，快樂，待人直率，信仰上帝帶著詩意，連談論死亡也帶著詩意，她的心靈氣質真是千變萬化，她甚至能把自己的缺點轉化成某種另類可愛的特質。比如說，她想要一匹新馬，但沒有錢——嘿，有什麼大不了的？可以賣掉什麼或典當什麼東西吧，如果管家對天發誓說什麼都不能賣，什麼都不能當，那麼她會說可以拆掉廂房的鐵皮屋頂搬到工廠換錢，或者在最忙碌的時候把工作用馬趕到市集去便宜變現也好。這些無邊無際的慾望常常讓整個莊園都沒轍，但她又是那麼優雅地表達這些慾望，最終弄得大家原諒她容忍她，把她侍奉成女神或凱撒的妻子一樣。我對她的愛是很感動人的，大家很快都注意到了，無論是我的父親、鄰居或農民，所有人都同情我。偶爾我請工人喝伏特加，他們便會向我點頭致意並說：『但願老天讓您娶到科特洛維奇家的小姐。』

「阿麗阿德娜自己也知道我愛她。她經常騎馬或乘輕便二輪馬車來我們家，有時候會整天陪著我和我父親。她和我們家那位老先生合得來，他甚至還教她騎腳踏車——這是他最愛的消遣。我記得有一次晚上，他們準備要騎腳踏車，我幫她扶上坐墊，這一瞬間她是多麼美好，我感覺兩手一觸到她彷彿發燙起來，我狂喜得發抖；當老先生和她兩人姿態優美地並排騎在公路上，迎面而來的是管家騎在一匹黑馬上，牠立刻閃到一旁，這讓我覺得，馬兒閃躲是因為牠同樣被這美麗所震懾了。我的愛、我的崇拜觸動了阿麗阿德娜的心，使她深受感動，她也非常想要成為像我這樣為愛著魔的人，再以愛來回應我。這可是多麼詩意啊！

「然而，要像我一樣真正去愛，她無法做到，因為她冷漠，而且也已經被寵壞了。她心中早有個惡魔，日日夜夜在她耳邊細語，說她迷人又美妙，而她搞不清楚為什麼她被創造得如此特別，為何她被賦予生命，她只會想像自己的未來非富即貴，幻想著大型舞會、賽馬、僕役圍繞、華麗的客廳、自己的沙龍，以及一群伯爵、公爵、外交公使、著名藝術家與演員，所有人崇拜她、讚嘆她的美和裝扮……這種對權勢和個人成功的渴求，這些漫無止境只朝一個目標前進的念頭，往往使人變得冷漠，阿麗阿德娜就這樣變得冷漠了：不只對我，還對外在環境，對音樂也是。隨著時光流逝，她還是沒等到公侯使節出現。阿麗阿德娜仍然跟沉迷招魂術的哥哥住在一起，情況越來越糟，她已經連給自己買衣服帽子的錢都拿不出來，落得必須狡辯、閃躲其詞來掩飾自己的窮困。

「命運好像故意跟她作對似的，她還住在莫斯科阿姨家時，有某個叫馬克圖耶夫的公爵向她求婚，這人是有錢，但卻是個一點都沒用的人。她斷然拒絕了他。至今懊悔不安的感覺像蟲子一樣啃得她難受：當時幹嘛要拒絕。不如就像我們的農民，一臉厭惡地把杯子裡克瓦斯[1]上浮著的蟑螂給吹掉，再喝下去就得了——她就是這麼嫌惡地皺眉回想那位公爵，但終究又對我說：『再怎麼說，頭銜裡還是有一些無法解釋的迷人的東西……』

「她夢想著頭銜、奢華的生活，可是同時又不想要放掉我。然而無論怎麼夢想達官貴人，人的心可不是石頭，會遺憾自己的青春。因此阿麗阿德娜盡可能地去談戀愛，假裝愛，甚至發誓說愛我。而我是個神經敏感的人，當我被人愛著，哪怕甚至在遠方、無須保證和誓言，我都能感覺得到，這當下我卻只感到漫著一股冷淡，還有當她對我談情說愛時，我以為聽到的是機器做的夜鶯在歌唱。阿麗阿德娜也覺得自己不夠積極，她懊惱，我不只一次看到她在哭泣。有這麼一次，您可以想像一下，她突然就蹦過來抱我親我——這事發生在晚上的岸邊。我看出她的眼睛裡面沒有愛我的意思，抱我只不過是出自好奇，想要試探自己罷了：就是說，看看這樣會有什麼結果。但這卻讓我

[1] 克瓦斯（kvas），一種俄羅斯傳統發酵飲料，由麵包乾或麥芽汁、酵母、糖釀製，可加入水果或香草等調味。

感到驚恐。我抓住她的手，絕望地說：『這些沒有愛的愛撫使我痛苦！』

「『您真是……怪人！』她語帶不快地說完便走開。

「非常可能，再過個兩年，我有可能會娶她為妻，然後故事就這麼結束，可是命運卻恣意將我們的羅曼史導向另一條路上。事情是這樣的，在我們的生活中出現了一個新面孔。阿麗阿德娜她哥哥的大學同學米哈伊爾·伊凡內奇·盧伯科夫來他們家作客，他是個可愛的人，照馬車夫和僕役的說法是：『亂有趣的先生！』這個人中等身材，瘦得不得了，禿頭，臉蛋一如和善的布爾喬亞那般稱不上漂亮，但還算體面，蒼白的面容下留著兩撇粗硬但修剪合宜的小鬍子，脖子上有鵝皮般的小凸疹和大喉結。他戴的夾鼻眼鏡繫著寬大的黑色帶子，說話時咬字不清，『樂』『熱』不分。他總是很快樂，任何事情對他來說都很好笑。他二十歲的時候傻里傻氣結了婚，得到女方作為嫁妝的兩棟房子，靠近莫斯科的少女地[1]，做了整修和增建澡堂，後來他徹底破產了，現

[1] 少女地，歷史地名，位於莫斯科市區西南方莫斯科河的袋形河灣內、現今的哈莫夫尼基區中央；南方不遠處有一座著名的新少女修道院墓園，許多名人安葬於此，包括作家契訶夫。少女地的名稱由來眾說紛紜，一個有意思的說法是，這裡是蒙古統治時期汗王特使來選俄國少女帶去汗國後宮的地方。

在他的老婆和四個小孩住在『東方旅舍』，忍受貧困的生活，而他還得供養他們——這點他覺得可笑。他現在三十六歲，老婆已經四十二——這點他也覺得可笑。他的母親，高傲自大，自以為是貴族大人物，她看不起他的老婆，因此與一群貓狗住在一起，他每個月得個別給母親七十五盧布。他自己倒是個有品味的人，喜歡在『斯拉夫市集飯店』用早餐，在『艾爾米塔什飯店』用午餐；開銷很大，可是他叔叔一年才供他兩千盧布，這是不夠用的，所以他得成天在莫斯科奔波，像俗話說的，伸著舌頭跑得喘不過氣，到處找哪裡可以暫時借點錢——這點也很可笑。他到科特洛維奇家來，說是要投入大自然的懷抱休憩一番，好避開家庭生活的羈絆。中餐、晚餐和散步時，他告訴了我們關於他的妻子、母親，還有債主們、法院官員的事情，嘲笑他們；他也笑自己，還聲稱多虧了他能夠四處去借錢，才因此結識了不少好朋友。他笑個不停，我們也笑了開來。有他在，我們的生活開始過得很不一樣。我是比較喜歡寧靜的生活，也就是說田園式的愜意：喜愛釣魚、晚上散步、採蘑菇；盧伯科夫則偏愛野餐、放鞭炮、帶獵犬打獵。他一週有三次要忙著張羅野餐，阿麗阿德娜便一臉認真又靈感澎湃的樣子，在便條紙寫下牡蠣、香檳、糖果，然後派我去莫斯科採買，當然不會問我是否有錢。在野餐時，他起鬨笑鬧，舉杯致祝酒詞，又再談些生活上的歡笑小故事，像是妻子多麼老了、他母親的狗多麼油肥、債主們多麼可愛……

「盧伯科夫喜愛大自然，但只把大自然看作是理所當然的東西，認為它實際上的價值遠低於他這個人，大自然之所以被創造不過是供需他滿足而已。偶爾，他停在某個壯觀的風景前面會說：『若能在這裡喝點小茶是滿好！』有一次，他看見阿麗阿德娜遠遠撐傘走著，便用頭指一指她說：『她瘦，這是我喜歡的型。我不愛胖的。』

「這使我感到厭惡。我要求他別用這種方式跟我談女人。他訝異地望著我說：『我說我愛瘦的不愛胖的，這有什麼不好的？』

「我無言以對。之後，他好像非常好意、也帶點醉意的時候說：『我注意到，阿麗阿德娜喜歡您。我很驚訝您為何只是呆呆觀望不行動。』

「這些話讓我變得尷尬，我不好意思地向他解釋了我對愛情和女人的觀點。

「『我搞不懂，』他嘆氣。『我認為，女人就是女人，男人就是男人。就算阿麗阿德娜如您所說是詩意又高尚的，這不表示，她就該超脫於自然法則之外。您自己看看吧，她已經到了該有男人或情夫的年紀了。我尊重女性不亞於您，但我想，一般所認知的男女關係並不會不詩意。更何況詩意是一回事，情夫又是一回事。就像經營農業一樣：自然的美是一回事，林地田產收入又是一回事。』

「當我和阿麗阿德娜釣魚時，盧伯科夫躺在一旁的沙灘上，開我玩笑或教我如何過生活。

「『我很驚訝，先生，您怎能不浪漫點過生活！』他說。『您年輕俊美又有趣，一句話，是個大好男人，卻過著修道士般的生活。啊，這些在我看來，您像是二十八歲的老頭子！我比您年長將近十歲，但我們誰比較年輕？阿麗阿德娜，誰？』

「『當然是您。』阿麗阿德娜回答他。

「當他厭煩了我們的沉默，而我們都只注意看著浮標，他便走開進屋裡去。這時她望著我生氣地說：

「『事實上，您不是男人，您只是某種……老天原諒，一團爛稀飯。男人應該要迷戀、狂妄行事、犯錯、受苦！女人會原諒您的粗魯放肆，但是永遠不會原諒您這種畏首畏尾。』

「她確實生氣了，繼續說：

「『如果要成功，就得果斷、勇敢點。盧伯科夫沒您那麼俊美，但是他比您風趣，他總是成功贏得女人心，因為他不像您，他是個男人……』

「她的話聲聽來甚至透著某種冷酷。後來有一次在晚餐時，她沒看我，開始說：

如果她是男人的話，那麼才不會待在鄉下悶得發酸，會出去旅行，冬天住在國外什麼地方都好，例如義大利。啊，義大利！這時我父親不由自主地火上加油。他講了好久的義大利，說那裡有多好，多麼奇特優美的大自然，多麼棒的博物館！阿麗阿德娜一下子燃起要去義大利的欲望。她甚至用拳頭敲一下桌子，眼神閃耀著：要去！

「之後這個話題延續著，能去義大利該有多好——啊，義大利，又啊又呀的——每天這樣讚嘆。當阿麗阿德娜的眼神越過肩膀側瞄著我，我從她這冷淡倔強的表情中看出，在她的幻想中她已經征服了義大利，那邊的所有沙龍、外國的顯貴名人和遊客皆拜倒於她，已經不可能制止她了。我建議再等一下子，把旅行延後個兩年，但她嫌惡地皺眉說：

「『您謹慎得像個老太婆似的。』

「盧伯科夫是贊成旅行的。他說這趟旅行花費非常便宜，他很樂意去義大利，在那裡一樣也可以遠離家庭生活的糾纏喘口氣。我呢，得認錯，自己行事天真，像個中學生似的。我心底有一種不尋常的奇怪預感，這可不是出於忌妒，我極盡所能不讓他們兩人在一起，但他們偏要開我玩笑，例如，當我走進來，他們就假裝剛剛在親吻之類的。

「然而，在一個晴朗的早晨，她那位白白胖胖、沉迷招魂術的哥哥來找我，示意想要跟我單獨說話。這是個意志不堅的人，儘管受過教育、禮貌周到，但如果別人的信件就放在他桌上面前的話，他無論如何都忍不住不看。這時候他對我承認，他意外看了盧伯科夫給阿麗阿德娜的信。

「『從這封信我得知，她很快就要出國了。我親愛的朋友，我擔心得不得了！看在老天的份上，您跟我解釋一下吧，我怎麼都搞不懂！』

「當他說到這裡，重重呼吸，把氣直接呼到我臉上，他嘴裡傳來一股燉牛肉的味道。

「『對不起，我把這封信的祕密告訴您了，』他繼續說。『但您是阿麗阿德娜的朋友，她尊重您！很可能，您知道些什麼事情。她想要離開，可是和誰呢？盧伯科夫先生準備要和她去。對不起，從盧伯科夫的情況來看這也很怪。他是已婚的人，有孩子，卻又在信中表白愛意，用**妳**來暱稱阿麗阿德娜。對不起，這實在太怪了！』

「我發冷了起來，手腳麻木，我感到胸口痛，彷彿裡面被塞了一塊三角石頭般刺著我。科特洛維奇疲憊不堪地往扶手椅躺下，他的手像是蔓藤似的垂下。

「『我還能做什麼呢？』我問。

「『開導她，說服她……您評評理：盧伯科夫對她來說算什麼？他配得上她嗎？啊，老天，這真是恐怖，真是恐怖！』他抱著自己的頭繼續說。『她有那麼好的結婚對象，像馬克圖耶夫公爵，還有……其他人等等。公爵熱愛著她，還有不久前就在上禮拜三，他過世的爺爺伊拉里翁肯定地說，像二二得四一樣肯定，阿麗阿德娜會當他的媳婦。肯定錯不了！伊拉里翁爺爺雖然已經死了，但他是個絕頂聰明的人。我們每天都召喚他的靈魂。』

「聽過這些話後我整夜不能安眠，想要一槍把自己打死算了。早晨我寫了五封信，又全都撕成碎片，然後我在倉房大哭，之後我拿了父親的錢沒說聲再見就往高加索去。

「當然，女人就是女人，男人就是男人，可是在我們這個時代，難道一切仍如聖經裡提到大洪水之前的時代那麼簡單，難道我一個文明人，擁有複雜的心靈機制，就應該要解釋自己酷愛女人，是因為她們擁有那副和我不一樣的肉體形態嗎？啊，這樣的話就太恐怖了！我寧願這樣想，就是與大自然抗爭的人類天才同樣也與肉體情慾抗爭，如臨大敵一般，假使人類真的克服不了肉慾，終究還是可以用友情和愛情的幻影假象來把持住；至少對我來說，這不單單是動物性生理機制的反應，像狗或青蛙那樣，而還有真正的愛情，因此我的每一個擁抱，都充滿了出自對女性純真的熱情和尊敬的崇高精神。事實上，幾世紀數百代的人對壓抑動物性本能早已反覆教育過，我的血液裡也承襲了這點，並蘊含在我身心之中。假如說我現在是在美化愛情，那麼這在我們這個時代不正是自然而必要的嗎？這不就跟我的耳朵不會搧動、我的身體沒披毛是一樣的道理？我覺得，大部分的文明人會這麼想，是因為現在的愛情缺乏道德和理想的成分，被鄙視成有如返祖現象；據說，這是退化和許多狂癲病症的徵兆了。沒錯，美化愛情的同時，我們會假裝我們所愛的人擁有許多優點，但實際上這些優點往往並不存在，唉，這便是我們不斷犯錯和受苦的根源。但我認為這樣已經比以前好了，就這樣下去吧，受苦也好過安慰自己說『女人就是女人，男人就是男人』。

「我在高加索的提弗利斯[1]收到父親的來信。他寫說阿麗阿德娜在某日出國，想在國外過冬。一個月之後我回到家，已經是秋天了。阿麗阿德娜每個星期給我父親寫信，用芬芳的信紙，信的內容非常有意思，用極佳的文雅語言寫的。我是那種會覺得每個女人都能當作家的人。阿麗阿德娜描寫得相當詳細，她寫她多麼不容易才和阿姨和解，並向她要了一千盧布作旅費，以及她花了很長的時間在莫斯科尋找一位遠親老太太，

[1]　提弗利斯（Tiflis），舊俄文地名，現名為提比里斯（Tbilisi），喬治亞共和國的首都。

為了要說服她同行出遊。這般浮濫的細節顯然是編故事編得離譜了，我很清楚，她身邊當然沒有任何女性旅伴。稍後，我自己也收到她的來信，同樣是芬芳而文雅。她寫說她思念我，思念我那俊美聰敏並流露出戀愛的眼眸，她善意地責備我，說我糟蹋自己的青春，說我從前悶在鄉下發酸，如果現在能夠像她一樣該多好，住在天堂裡，在棕櫚樹周圍，呼吸著柑橘樹散發的芳香。她這麼署名：『被您拋棄的阿麗阿德娜』。之後過了兩天，另一封信也是那種調調，署名是：『被您遺忘的』。我滿腦子痛苦。我深情地愛著她，每天夜晚夢見她，而這些信裡卻說『被您拋棄的』、『被您遺忘的』——這是為何？為了什麼？——再加上鄉下的枯燥、漫長的夜晚、沒完沒了關於盧伯科夫的胡思亂想……情況的不明朗使我痛苦，日日夜夜荼毒我，終究讓我無法承受。我受不了，決定去找她。

「阿麗阿德娜叫我去阿巴齊亞[1]會面。我在一個晴朗溫暖的日子抵達，剛下過雨，

[1] 阿巴齊亞（舊時義大利地名 Abbazia，現今克羅埃西亞地名 Opatija），位於克羅埃西亞、鄰亞得里亞海克瓦內爾灣的小鎮，十九世紀末發展為旅遊名勝，並吸引歐洲皇室貴族來此休憩。

樹梢還掛著雨滴，我到了一棟壯觀得像軍隊營舍的酒店別館[2]，就是阿麗阿德娜和盧伯科夫住的那棟。他們不在，我便往附近的公園去，在林蔭道上漫步，然後找地方坐下來。走過來一位奧地利將軍，兩手背在後面，穿著跟我們將軍一樣的縫有紅色條飾的軍褲；有人推著嬰兒車，車輪輾過潮溼的沙地發出刺耳聲響；走過一位面貌衰老的先生，看來有黃疸病；其他還有一群英國女人、波蘭天主教教士，之後又有一位奧地利將軍。有一批剛從阜姆市[3]抵達的軍樂隊，樂手們帶著亮晶晶的管樂器拖著沉重步伐慢慢走向亭子，音樂聲隨之響起。您曾經什麼時候來過阿巴齊亞嗎？這是一座骯髒的斯拉夫人小鎮，只有一條街道，髒得發臭，下雨過後不穿橡膠鞋套就無法行走。由於我太多次在信中讀到關於這個人間天堂，每次都感動不已，等我後來親身經歷了——無論是我捲起褲管小心翼翼穿過狹窄的街道，出於無聊向老太太買了幾顆硬邦邦的梨子，她一知道我是俄國人，便用粗陋的俄語說『四』、『二十』，或者是我困惑地自問，

[2] 原文用法文「dépendance」。

[3] 阜姆（舊時義大利地名 Fiume，現今克羅埃西亞地名 Rijeka），亞得里亞海克瓦內爾灣的海港城市，克羅埃西亞第三大城，位於阿巴齊亞的東邊，兩地隔海相望。

我到底要走到哪裡，我在這裡做什麼？又或是當我不斷遇到俄國人，想到他們像我一樣是被矇騙過來的——這才讓我感到懊惱和羞愧。這裡有一個寧靜的小海灣，裡面駛著輪船和掛著五顏六色風帆的小船；從這裡看得到阜姆和遠方的島嶼，披覆著淡青色的霧，如果面海灣的景觀沒有被酒店旅館和附屬的別館擋住視線的話，風景可如畫般美妙；貪婪的小商人蓋滿了這些荒唐庸俗的建築物，遮住整片青蔥的海岸，除了窗戶、露台以及擺著白色小桌和站著黑色燕尾服侍者的小廣場外，您在大部分的地方是無緣看到天堂的。這裡有公園，就是您現今可以在任何國外療養勝地找得到的那種。暗沉又悄然無聲的棕櫚綠地、林蔭道的亮黃色沙灘、亮綠色的長凳、喧鬧的軍樂喇叭的閃光，以及將軍軍褲上的紅色條飾——這一切看十分鐘就厭煩了。然而與此同時，您還是不知道為何非得在這裡住上十天，十個禮拜！每每不得已要去這些名勝遊玩，讓我更確信，那些衣食無缺的有錢人生活過得多麼糟糕又貧乏，他們的想像力多麼枯竭微弱，他們的品味和想法多麼沒創意。反觀另一些沒有錢住大旅館的遊客，不知道比他們幸福多少倍，這些人無論年紀大小都不會在意非要住哪不可，會去高山上欣賞海景、躺在翠綠草坪上、赤腳走路、到森林和鄉村附近到處看看、觀察當地的風俗、聽當地的歌謠、愛上當地的女人……

「天色開始變暗，我還坐在公園，昏暗中我的阿麗阿德娜出現了，她氣質優雅，打扮得漂漂亮亮，像個公主似的；在她後面跟著盧伯科夫，穿著全新的寬鬆衣服，大概是在維也納買的。

「『您是在氣什麼？』他對她說。『我哪裡惹了您？』

「她一見到我就高興得大叫，如果不是在公園裡的話，或許，她會衝過來摟我的脖子；她緊緊握住我的手笑著，我也笑著，情緒激昂得差點沒哭出來。她開始連番發問：鄉下如何，我父親還好嗎，我是否看見她哥哥等等。她要求我看著她的眼睛，問我，是否還記得釣魚、野餐，以及我們的小爭吵……

「『事實上，那時候的一切還滿不錯，』她嘆息。『可是我們在這裡過得也不無聊。我們有很多朋友，我親愛的，我的大好人！明天我帶您認識這裡的一個俄國家庭。只是，請您給自己另外買一頂帽子吧。』她望著我皺眉說。『阿巴齊亞不是鄉下，』她說。『這裡應該穿得像樣點。』

「之後我們去餐廳。阿麗阿德娜總是笑個不停，跟我鬧著玩，叫我親愛的、美好的、聰明的，好像她自己的眼睛無法相信我已經在這裡陪她。我們就這樣一直坐到十一點，離開的時候我們對晚餐和彼此都非常滿意。隔天，阿麗阿德娜把我介紹給此地的俄國家庭：『這是一位知名教授的兒子，我們莊園的鄰居』。她和這個家庭的人都在談地產和農作收穫，而且其間常常引用我的話來印證。她想要讓人看起來是個很富有的女地主，說真的，她無往不利。她應對舉止超凡，就像個真正的貴族，可她確實本來就是出身貴族。

「『但我那個阿姨還真是的！』她突然說，微笑看著我。『我跟她稍微吵了一下，她就去梅蘭[1]了。什麼阿姨嘛？』

「之後我們在公園散步時，我問：『您剛剛是在說什麼阿姨？哪還有什麼阿姨？』

「『這是救急的謊言嘛，』阿麗阿德娜笑開來。『他們不需要知道我路上沒有女性旅伴。』她沉默了一下子，倚向我說：『我親愛的，可愛的，您跟盧伯科夫和好吧！他是那麼的不幸！他的母親和妻子簡直太可怕了。』

「她稱盧伯科夫用『您』，睡覺時與他道別也跟對我一樣用『明天見』，他們住在不同的樓層——這給了我希望，一切都是胡說八道，他們之間才沒有任何曖昧關係，因此後來我遇到他的時候感覺輕鬆多了。當他有一次向我要求借三百盧布，我滿是樂

[1] 即義大利的梅拉諾（Merano），溫泉小鎮。

意地給了他。

「我們每天閒逛，都只在閒逛。一會在公園走走，一會吃吃喝喝。每天跟那俄國家庭聊天。我漸漸習慣這樣的生活，如果我去公園，那就必然會遇到黃疸症的老頭、波蘭天主教教士，還有那位奧地利將軍，他總帶著一副小紙牌在身上，只要能有地方坐下來，他會攤開紙牌卜卦，緊張地抖著肩膀。那裡的音樂聲依舊一成不變。在鄉下家裡的時候，我在週間和同伴去野餐或釣魚的話便會對農民感到慚愧，我在這裡也一樣，會對僕役、馬車夫、遇到的工人感到慚愧；我覺得他們望著我的時候心裡會想：『為什麼你什麼事都不用做？』這樣的慚愧我每天從早到晚都感受到。這些單調的日子讓人覺得怪異又不愉快；不一樣的恐怕只有當盧伯科夫跟我借錢的時候，有時一百盾[2]，有時五十，他拿到錢一下子便活了過來，就像嗎啡成癮者拿到嗎啡一樣，開始喧鬧地嘲笑妻子、笑自己或債主。

「之後，雨下了一陣子，天氣變冷。我們就去義大利，我發電報給父親，要他看在上帝的份上，給我匯八百盧布到羅馬。我們在威尼斯、波隆納、佛羅倫斯停留，在

[2] 盾（gulden），原意為金幣，在十九世紀是某些歐洲國家的貨幣單位。

每個城市必定住進昂貴的旅館，住在這種地方像是在燈、僕役、暖氣，還有早餐的麵包，以及不必擠在公共大廳吃午餐的特權等等，我們都要被敲上一筆筆額外的費用。我們吃得多到可怕。早上給我們送來咖啡套餐[1]。中午一點吃的是：肉、魚、某種蛋捲、乳酪、水果和葡萄酒。六點用的大餐有八道菜，每道菜之間有很長的間隔，這時候我們喝啤酒和葡萄酒。九點喝茶。午夜之前，阿麗阿德娜對我說，她想吃東西，就點了火腿、溏心蛋。我們便跟著她一起吃。在兩餐之間我們跑去博物館或看展覽，總在想別要耽誤了下次用餐時間。我在畫像前面發愁了起來，我疲憊不已想回家躺下，眼睛尋找椅子，但嘴巴上卻假惺惺地不斷重複說著：『真是美極了！多麼有氣氛！』我們像是飽足的蟒蛇，只注意閃亮的東西，商店的展示窗催眠了我們，我們讚嘆著假的胸針，買了一大堆不需要又毫無用處的東西。

「待在羅馬時也一樣。這裡下著雨，刮著冷風。用過油膩的早餐後，我們去參觀彼得大教堂，大概是我們吃太飽的緣故，也或許是爛天氣的關係，教堂沒給我們留下任何印象，我們因此還責怪彼此對藝術的漠然，差點沒吵起來。

---

[1] 原文用法文「café complet」。

「父親的匯款進來了。我前去領款，我記得那天是早上。盧伯科夫跟著我一起去。

「『一旦有了一段滄桑的過去，現在便不可能幸福完美了，』他說。『我肩膀上背負著一段沉重的過往。要是有錢的話，一切就沒什麼大不了，但實際上卻窮得什麼都拿不出來了……您相不相信，我身上只剩下八法郎，』他繼續說，音量放低，『同時我還得寄給妻子一百盧布，也要給母親一樣多的錢。這裡也要過生活啊。阿麗阿德娜真是個小孩子，她都不想想別人的處境，盡是揮霍開銷，像個公爵夫人似的。她昨天是為了什麼要買手錶？還有，您說說看，為什麼我們要繼續假扮聽話的好孩子？要知道，她和我為了要隱瞞旅館服務生和我們熟識的人，我們一天得要多付十到十五法郎，來讓我另外開一間房住。為什麼？』

「那塊尖銳的石頭再度在我的胸口翻轉。對我來說情況已經明朗，不再曖昧不清了，我整個人發冷，立刻下了決定：不要再見到他們兩人，逃離他們，馬上回家……

「『跟女人交往很簡單，』盧伯科夫繼續說，『但只值得脫光她們的衣服，之後的一切就很累人，真是無意義！』

「當我數著收到的匯款，他說：『如果您不借一千法郎給我，那我就該去死了。您的這些錢是我唯一的救命希望。』

「我給了他，他立刻精神大振，開始嘲笑自己的叔叔，說那個怪叔叔沒能保住祕密，洩漏了他的地址給他老婆。回到旅館，我收拾好行李去退房付帳。只剩下要跟阿麗阿德娜道別。

「我敲了她的房門。

「『請進！』[1]

「她的房間仍是一片早晨的雜亂——桌上的茶具、沒有吃完的小麵包、蛋殼，以及強烈得要掐死人的香水味。床鋪沒整理，明顯看得出，上面曾睡過兩個人。阿麗阿德娜自己才起床沒多久，現在還穿著法蘭絨上衣，頭髮沒梳。

「我打了招呼，之後默默坐著好一陣子，等她盡量整理好頭髮，我全身顫抖地問：

「『為什麼……為了什麼您要把我叫出國來這裡？』

「顯然她猜到了我心裡想的，便抓住我的手說：

「『我就是想要您在這裡。您是那麼純潔！』

「我為我的緊張和顫抖感到羞愧。再下去我恐怕會突然痛哭失聲！我走了出去，

[1] 原文用法文「entrez」。

不再多說一句話，一個鐘頭後我已經坐上火車。一路上我莫名想像著阿麗阿德娜懷孕了，讓我感到討厭，我在火車上和車站看到的所有女人，都讓我覺得莫名地懷孕了，都讓我討厭，讓我可憐。我那時的處境，就好像一個貪婪死愛錢的人忽然發現他所有的金幣都是偽幣。我內心長久以來懷著種種純潔美妙的形象，其實是被愛意加溫而生出的想像，這些再加上我的人生規劃、希望、回憶，以及我對愛情和女人的看法，一切的一切如今都在嘲笑我，向我吐舌頭。阿麗阿德娜——我驚恐自問——這個年輕絕美又有知識的女孩，還是參政員[2]的女兒，怎麼會與這般平庸無趣的鄙俗之人混在一起？可是她為什麼不能去愛盧伯科夫？我自問自答。他哪裡比我差？唉，就讓她去愛吧，愛誰都好，但是為何要欺騙我？可她又憑什麼該要對我坦白？大致就是諸如此類的問題搞得我腦袋發昏。火車車廂裡很冷。我是搭乘頭等車廂，那裡卻有三位乘客擠在一張沙發座上，沒有裝禦寒的雙層玻璃窗，外門直接開向二等車廂——我覺得自己好像上了腳鐐，感到被勒緊、被遺棄、可憐，雙腳冷得不得了，同時又常常想起，她今天頭髮放下來配上那件衣裳顯得多麼迷人，一種強烈的忌妒感突然勾住我，我心痛得跳

---

[2] 帝俄時期國家最高治權機關參政院的成員。

起來，我的鄰座望著我，臉上驚訝的表情甚至帶點害怕。

「回到家的時候剛好碰上零下二十度的寒流，大雪成堆。我愛冬天，我愛是因為這個時候待在家，甚至在大寒流的時候也讓我感到特別溫暖。無論是在寒冷的晴天穿上毛皮短大衣和毛氈靴到花園或庭院裡做點事情，或者在自己的溫得暖烘烘的房間裡讀書，或在父親書房的壁爐前面坐一坐，或在我們那裡的鄉下澡堂洗澡，都令人愉快……不過如果母親、姊妹或小孩子們都不在家的話，那麼冬夜好像就有點讓人受不了，這樣的夜晚會顯得格外漫長而寂靜。而且家裡越是溫暖舒適，這樣的空虛感就越強烈。在我回國後的那個冬天，夜晚漫漫長長，我煩悶不已，煩悶到甚至無法好好閱讀；白天還可以東晃西晃，一下子清清花園裡的積雪，一下子餵餵母雞或小牛，晚上的話——就沒得混了。

「以前我不愛訪客，現在我覺得有客人來很高興，因為我知道一定會有人談到阿麗阿德娜的事情。沉迷招魂術的科特洛維奇經常來訪，為了要來談談他的妹妹，有時候會帶他的朋友馬克圖耶夫公爵一起來。這個人愛阿麗阿德娜的程度不亞於我，他坐在阿麗阿德娜的房間，有節奏地敲弄著她的鋼琴鍵盤，看著她的樂譜——這對公爵來說已經是生活上的需要，不這樣他日子就過不下去，而伊拉里翁老爺爺的靈魂繼續預言：她早晚會當他的媳婦。公爵通常在我們家坐很久，大概從早餐到午夜，都沉默不說話；他默默地喝掉兩三瓶啤酒，只有很少的情況，為了要證明他也有參與對話而笑著，用一種斷斷續續帶點悲傷又有點傻氣的笑。在他要回家之前，總是拉我到一旁低聲說：

「『您最後一次是什麼時候看到阿麗阿德娜？她還健康嗎？我想，她在那裡不無聊嗎？』

「春天來臨了。在這個丘鷸的求偶季節，該去打獵，然後播春麥和牧草。我依然憂鬱，只是已經染上春天的氣息：想要與失去的一切和解。我在田地裡工作，聽著雲雀鳴叫，問自己：怎麼不乾脆拋開個人幸福的問題，難道我沒想過跟一個普通的鄉下姑娘結婚嗎？就在我工作正忙的時候，我忽然收到一封貼著義大利郵票的信。於是牧草、養蜂場、小牛和鄉下姑娘——這一切都煙飛霧散。這次阿麗阿德娜寫到，她深深感到無盡的不幸。她責備我，說我沒有幫她忙，而只從自己崇高美德的角度看待她，在危急的時刻棄她不顧。全文用粗大而緊張的筆跡寫就，帶有塗改和墨漬，看得出她是在匆忙而且很難過的時候寫的。在信的結尾她求我去拯救她。

「我再度被迫從安定的地方離開，不自主地狂奔而去。阿麗阿德娜住在羅馬。我到她那裡已經是深夜，她一看到我就放聲大哭，衝過來摟我的脖子。過了一個冬天她一點都沒有改變，依然是那麼年輕美妙。我們一起晚餐，然後乘車在羅馬遊玩到黎明，她一直跟我說她的生活是怎麼過的。我則問她盧伯科夫在哪。

「『別跟我提起這個壞蛋！』她大叫。『我討厭他這個卑鄙的人！』

「『但您不是好像愛過他嘛。』我說。

「『從來沒有！一剛開始他好像很特別，激起了我的憐惜之情——全部就如此。他不要臉，會猛追女人硬追到手，這點倒很有魅力。可是我們別再說他了。這是我生命中悲傷的一頁。他為了要弄到錢而丟下我跑去俄國——就讓他去吧！我跟他說，他別敢再回來。』

「她已經不住在旅館裡，而是租了私人公寓，有兩個房間，她按自己的品味把那裡打理得奢華而冰冷。盧伯科夫離開之後，她欠了朋友大約五千法郎的債，我的到來事實上對她來說真是拯救她。我打算帶她回鄉下去，但沒成。她想念故鄉，可是一想到在那裡經歷過的貧困、物質匱乏和哥哥房子屋頂的鏽跡斑斑，都讓她厭惡到發抖，當我建議她回家，她慌忙地握著我的手說：

「『不，不！我在那裡會憂傷而死！』

「之後，我的愛情便進入最後的階段，來到了最後的一刻。

「『您就當我從前的小親親，來愛我一點吧，』阿麗阿德娜依偎著我說。『您悶悶不樂又畏首畏尾，害怕付出激情，總是想著後果，這太無趣了。好嘛，請您，求求您，對我親熱一點吧！……我純潔的、神聖的、可愛的，我是這麼愛您！』

「我成了她的情人。最少大概有一個月，我像個瘋子似的，沉浸在一種狂喜中。我擁抱著年輕美麗的肉體，享受著，每一次從夢中醒來感覺到她的體溫，便想起她，我的阿麗阿德娜，就在我身邊——啊，我對這樣的生活還不太習慣呢！但我終究習慣了，漸漸也對自己的新狀況有了清楚的認知。首先我了解，阿麗阿德娜一如往昔並不愛我。然而她這次想要認真點愛，因為她害怕孤獨，但主要還是我很年輕又健壯，她身體上是有感覺的，就像所有冷漠的女人終究也不過如此——我們都裝模作樣，好像是彼此熱烈愛上對方。之後我才搞懂了其他一些事情。

「我們住過羅馬、拿波里、佛羅倫斯；去了巴黎，可是那邊我們覺得很冷，所以又回到義大利。我們到哪裡都自稱是夫婦、富有的地主，大家都想跟我們認識，阿麗阿德娜在交際上獲得極大的成功。因為她有上繪畫課程，所以人們都稱她藝術家，您想像一下，這還滿合她的表面形象，儘管她一丁點天分都沒有。她每天睡到下午兩三點；在床上喝咖啡吃早餐。午餐她喝湯，吃龍蝦、魚、肉、蘆筍、野味，然後躺下睡覺前，我會端點什麼吃的到她床前，像是烤牛肉，她則一臉楚楚可憐的表情吃完它，半夜醒來的話，她還會要吃蘋果和柳橙。

「這麼說好了，這個女人最主要的特質就是驚人的狡猾。她總是在耍詐，每分每秒都在玩弄人，看起來沒有任何需要故意如此，似乎只是出於她的天性，出於心底的動機催促，就像麻雀唧唧叫或者蟑螂沙沙動著觸鬚一樣自然。她不只對我，也對僕役、門房、商店售貨員和任何熟識的人耍心機；沒有這般做作和裝腔作勢，她的對話或會面就無法進行下去。只要一有男人進來我們房間——不管他是誰，僕役或男爵都好，她便會改變眼神、表情、聲音，甚至體態外形都能變。如果您看過她，哪怕只有一次，那麼您會說，在全義大利沒有比我們更具有上流風度、更闊氣的人了。她不會放過任何一位藝術家或音樂家，會用盡一切胡說八道哄騙他們有出色的天分。

「『您真是個天才！』她甜美如歌地說。『與您相處甚至讓人害怕。我想，您應該會把人給看穿吧。』

「這一切都為了要討對方喜歡，成功當一個迷人的女人。她每天早上醒來只有一個念頭：『要討人家喜歡！』這已經成為她生活的目標和意義。如果我告訴她，在哪條街哪棟房子裡住著一位不喜歡她的人，那麼這會使她發愁不已。她每天都需要別人迷戀她，迷她到發狂的程度才行。那麼，早已拜倒在她裙下和魅力之前的我，便完全微不足道了，充其量只是提供她一種享受，像是在一些競賽中勝利者獲得的成就快感一樣。我這樣卑微還不夠，她每天晚上還要像隻母老虎似的懶洋洋地攤開四肢，一絲不掛——她總覺得熱，然後讀著盧伯科夫寄來的信件；他信裡求她回俄國去，不然他發誓為了要弄到錢來找她，他會去偷搶殺人的。她恨他，但他那熱情又逢迎的信卻使她心波盪漾。她對自己的魅力有一種不尋常的看法，她覺得，如果可以在某個人多的聚會裡讓大家看到她的身材多麼姣好、膚色多麼漂亮的話，那麼她就會以為自己征服了整個義大利和全世界。這些關於身材、膚色的話使我感到羞辱，她留意到這點，因此每次她心情不好，就刻意惹惱我，盡說些庸俗的話嘲弄我，甚至有一次在一位女士的別墅裡她氣得對我說：

「『如果您再不停止那些煩人的說教，那我現在就脫掉衣服，赤裸裸躺在這些花上！』

「她睡覺、吃飯或費盡心思想讓自己的眼神看起來天真無邪——這些看在我眼裡經常讓我思索：究竟為了什麼上帝要賦予她這般不尋常的美麗、優雅和智慧？難道只是為了可以懶洋洋躺在床上、吃喝、欺騙，無止盡地欺騙？再說，她是否真夠聰明呢？

她怕三枝蠟燭、數字十三，怕會被惡毒的眼神瞪衰，還怕被惡夢驚嚇到，對自由戀愛或者對自由的通泛看法，卻像個沉迷宗教的老太婆一樣滿口道理，她還斷定波列斯拉夫．馬爾凱維奇[1]比屠格涅夫要優秀。然而她實在太狡猾又機巧，在社交上總讓人以為她是一位非常有教養和思想前衛的人。

「她這個人就算在快樂的時候也會毫不猶豫地羞辱僕役、捏死昆蟲；她愛鬥牛，愛看謀殺案的報導，當被告被宣判無罪的時候她還會生氣。

「我和阿麗阿德娜所過的那種生活，需要很多錢。可憐的父親把自己的退休金和所有微薄的收入都寄來給我，只要能借的他都會為我籌措，有一次他卻回覆：『我沒有了』[2]，於是我發給他一封絕望的電報，哀求他典當地產。之後沒多久，我又請求他拿地契去二次抵押再弄點錢出來。不管怎樣他都毫無怨言地照辦，分毫不差寄錢給我。阿麗阿德娜輕視現實生活，這一切好像都不干她的事，當我丟一千法郎來滿足她瘋狂

---

[1] 波列斯拉夫．馬爾凱維奇（Boleslav M. Markevich, 1822-1884），俄國作家、評論家，主要作品以描寫十九世紀俄國的西方派與斯拉夫派之間的爭論聞名，因此被文中女主角拿來與屠格涅夫作比較。

[2] 原文用拉丁文「non habeo」。

的慾望，我只能像是棵老樹般悶聲哀吟，她則是心情愉快地唱起《再會，美麗的拿波里》[3]。漸漸地，我對她冷淡下來，開始為我們的關係感到羞恥。我不喜歡女人懷孕和養育後代，但現在我卻已經偶爾會夢想要有小孩，至少這樣還可以算是維持我們共同生活的表面理由。為了不要自暴自棄，我開始上博物館和畫廊，讀點書，減少食量，並戒了酒。就這樣從早到晚綁著自己忙點事情，內心彷彿輕鬆了些。

「阿麗阿德娜也厭倦了我。而且我得說，那些拜倒在她裙下的人們，盡是平庸之流，公侯使節和沙龍依舊無影，錢也不夠用了，這使她深感屈辱，令她嚎啕大哭，她終於告訴我，要回俄國的話她大概也不反對了。就這樣我們回來了。出發前幾個月，她積極與她哥哥反覆通信，顯然她暗地裡有什麼盤算，至於是什麼呢——上帝才知道吧。我已經厭煩了去猜透她的狡猾心機。但我們不是回鄉下，而是去雅爾達，然後從雅爾達再到高加索地區。現在她只肯住在國內的療養勝地，但願您知道，我有多討厭這些地方，在那裡我會有多悶多羞恥。我現在只想回鄉下去！此時的我寧願付出勞力，汗流浹背地採收糧食，贖自己的罪過。趁現在我感到自己有餘力，我覺得可以加把勁，

[3] 原文用義大利文「Addio, bella Napoli」。

在五年內贖回地產。可是這下子，如您所見，事態複雜。這裡不是外國，而是在俄羅斯的老媽媽家，必須要考慮一下合法的婚姻了。當然，熱情迷戀已不在，昔日的愛意也消逝無蹤，可是無論如何我都該娶她為妻。」

沙莫興為自己的故事感到情緒高昂，和我一起走下樓，繼續談論女人。已經很晚了。看來，我們倆是住在同一個艙房。

「目前只有在鄉村的女人才不亞於男人，」沙莫興說，「那裡的女人跟男人一樣思考、感受，並為了文化發展盡心盡力與大自然奮鬥。城市的女人嘛，不管是資產階級或知識階級的女人早已落伍了，正返回原始的生活狀態，大都像半人半獸了，由於她們這種人，很多原本被人類才能克服而擁有的東西便喪失了；女人漸漸地消失，取而代之的是原始的母獸。這種知識階級女人的落伍極其危險地威脅著文化進展；女人在自己的退化歷程中，竭力去吸引男性跟著她們，這便耽誤了男性向前進的動力。這點是毫無疑問的。」

我問：為什麼只用阿麗阿德娜一個人的案例就總結論斷所有的女人？就現今女人致力於教育和性別平權這件事來看，我認為這就是在追求公平正義，光這點就足以推翻所有您所稱的退化假設。但沙莫興不太聽我說，只懷疑地微笑。這人已經個是狂熱堅定的厭女者，不可能改變他的想法了。

「噯，得了吧！」他打斷我的話。「既然女人不把我當人看，而把我視為低於她的公獸，她一輩子汲汲營營只為了要讓我喜歡上她，也就是說想要俘虜我，那麼這裡面還有什麼平等可言？哎呀，別相信她們，她們非常非常狡猾！我們男人為了她們的自由而忙碌，可是她們卻完全不想要這份自由，只是假裝想要而已。狡猾得不得了，狡猾得嚇死人！」

我已經無意爭辯，想要睡覺了。我把臉轉向牆壁。

「對啦，」我一邊睡還一邊聽到他繼續說。「對啦。所有的錯都出在我們的教育，老兄。在城市裡女性所受的一切教育和教養，事實上都把她們塑造成了半人半獸，也就是說，要讓公獸喜歡上她，要讓她能夠征服公獸。對吧。」沙莫興嘆一口氣。「必須得讓年輕女孩與男孩一起受教育學習，讓他們彼此常在一起。必須這樣教育女人，才能夠讓她們像男人一樣認知到自己的是非對錯，否則以她們的觀念總以為自己是對的。要從小教導女孩，讓她們知道男人既不是騎士也不是待婚之夫，而是各方面都與她們接近且平等的人。讓她們習慣邏輯思考、歸納總結，不要讓她們以為她們的腦子比男人小，因此可以大剌剌地漠視科學、藝術及所有的文化活動。一個手工藝學徒小男孩，無論是做鞋匠或油漆匠，他的腦容量比成年男子小，然而他為了生存也要跟大家一樣去奮鬥、工作、受苦。在對生理、懷孕和生育的方面上，同樣得要拋棄這樣的態度，因為第一，女人不是每個月都生小孩，其次，不是所有的女人都要生，第三，普通的鄉下女人在生產的前一天還要去田裡工作——也不會發生什麼事。然後應該要在日常生活上做到最完善的平權。如果男人會拿椅子或者撿拾掉落的手帕給女士，那麼就讓女人也做同樣的事情。如果有好人家的女孩子要幫我穿大衣或拿水杯給我的話，我一點都不反對……」

接下來的話我就沒聽到，因為我睡著了。隔天早晨，我們的船接近塞瓦斯托堡，天氣溼得讓人不舒服。船身一直搖晃。沙莫興和我坐在操控室內，他好像在思索什麼，默默不語。男人都把大衣領子豎起，女人則帶著一臉蒼白而沉悶的睡容，當喝茶鈴聲響起，大家就往樓下走去。有一位美貌異常的年輕女士，就是在沃洛奇斯克對海關官員生氣的那位，她停在沙莫興面前，一副任性、嬌生慣養的小孩似的表情，對他說：

「讓[1]，你的小鳥兒被船搖暈啦！」

之後，我住在雅爾達的日子裡，時常看見這位漂亮的女士騎著一匹溜蹄馬疾馳而過，她後面兩位軍官幾乎跟不上她，還有一天早上，她身穿圍裙、頭戴一頂弗里吉亞帽[2]，坐在濱海道上抹著顏料練習寫生，大批人群遠遠站著欣賞著她。最終我也與她相識。她緊緊握我的手，讚嘆地望著我，用那種甜美如歌的聲調感謝我的作品提供了她無比的滿足。

「別信她，」沙莫興低聲對我說。「您的書她一點都沒看過。」

某天傍晚，當我在濱海道散步時，沙莫興遇到我；他手裡拿著一大包餐前菜和水果。

「馬克圖耶夫公爵來這裡了！」他快樂地說。「昨天他和她那沉迷招魂術的哥哥一起來。現在我了解，她那時候與他哥哥通信寫些什麼了！上帝啊，」他繼續說，望

---

[1] 讓（Jean），法國人名，等於俄國的伊凡，即文中男主角的名字。

[2] 弗里吉亞帽（Phrygian cap），一種軟的圓角錐帽，戴的時候帽頂前傾，原是紀元前位於安納托利亞的弗里吉亞王國人的傳統服飾，後來在歐洲傳說中獲釋的奴隸會戴此帽，因此成了自由的象徵。

著天，把手上的食物包袱緊抱在胸前，「如果她與公爵的關係修復好，那麼這就表示我自由了，我就可以離開這裡回鄉下去找父親囉！」

他隨即跑向前去。

「我開始相信靈魂了！」他回頭對我大叫。「伊拉里翁爺爺的靈魂預測得好像真的很準！啊，如果是真的就太棒了！」

在這次會面後的隔天，我便離開雅爾達，沙莫興的愛情故事是怎麼結束的——我就不得而知了。

未婚妻[1]

[1] 本篇原作發表於一九〇三年十二月號《大眾雜誌》，作者署名「安東・契訶夫」，這是契訶夫生前發表的最後一篇小說，明顯表露出對未來的期待。評論一致認為這篇是契訶夫風格的大轉折，作家用「新生活的希望」為自己的小說創作生涯劃下句點。——俄文版編注與譯注

1

已經晚上十點了，圓月在花園上方綻放光芒。舒明這一家裡才剛剛結束晚禱，是祖母瑪爾法．米哈伊洛夫娜安排的活動，這時娜佳[1]走出去到花園一下子，可以看到屋裡的情況：大廳桌上擺滿了餐前小菜，祖母穿著一件華麗的絲質衣裳忙進忙出；大教堂的大司祭安德列神父，正跟娜佳的母親妮娜．伊凡諾夫娜談話，此刻，在夜晚燈光下的母親透過窗戶看起來不知為何顯得年輕許多，一旁站著的則是安德列神父的兒子——安德列．安德列伊奇，他專心聆聽著。

花園裡靜悄悄又涼爽，暗黑沉寂的陰影伏在地面上。好像從遠方某處，應該是在城外那麼遠，傳來一陣陣蛙鳴聲。感覺得到五月了，可愛的五月啊！深深呼吸之間不自主會想，春天的生活還沒蔓延到這裡，而在天空之下樹林之上，在城外遠遠的某個地方，這當下還在田野與森林中滋長，這種神祕、美妙、豐富、神聖的生活，對於懦

[1] 娜佳是娜杰日達的小名，娜杰日達在俄文裡是希望之意，顯然作者用此名有其用意；對照小說中娜佳的形象，可以看到一個歷程：從小到大，從無知到成熟，從舊的現在到新的未來，從宿命到希望。

弱且內心有愧的人恐怕難以理解。這種時刻令人莫名地想哭。

娜佳已經二十三歲，從十六歲起她就熱烈夢想著結婚，現在她終於要成為安德列．安德列伊奇的未婚妻，就是那位站在窗戶後面的男子；她喜歡他，婚禮已經訂在七月七日，可是這時她卻高興不起來，晚上睡得很差，該有的喜悅不知道跑到哪去了……從地下室廚房敞開的窗戶傳來聲響，聽得出那邊正趕忙著，刀剁聲咚咚，門板開闔砰砰作響；聞得到烤火雞和醃漬櫻桃的味道。冒出一股莫名的感傷，似乎以後一輩子的生活都會像現在這樣一成不變，無止無境！

有個人從屋裡出來，站在門口台階上，他是亞歷山大．季莫費伊奇，或者簡稱沙夏[1]，是大約十天前從莫斯科來的客人。很久以前祖母有一房遠親瑪麗雅．彼得羅夫娜，她是個家道中落的貴族寡婦，個子瘦小又有病在身，常常來投靠祖母接濟。沙夏就是她的兒子。不知道為什麼大家一提到沙夏，就說他是個很棒的藝術家，在他母親過世後，祖母內心過意不去，便好意把他送到莫斯科的技術專科學校就讀；差不多讀了兩

---

[1] 沙夏是亞歷山大這個名字的暱稱。

年他轉到繪畫專科學校，待在那裡大約讀了十五年，勉勉強強在建築科畢業[2]，但終究沒有從事建築，而跑去莫斯科一家石印工廠做事。他幾乎每個夏天都會過來，通常病得很重，來這找祖母是為了要休息養病。

他現在穿著扣得緊緊的常禮服，舊帆布褲的褲腳都磨破了，襯衫也沒熨平，整個人散發著一種沒精神的感覺。他個子非常瘦，一雙大眼睛，長瘦的手指，蓄鬍子，皮膚黝黑，但整體來說算是俊美。他已經跟舒明這家人相處熟悉，視同親己，在他們那就好像待在自己家裡一樣。他住的那間房老早就被稱作沙夏的房間。

他站在門口台階上，看見了娜佳便走向她。

「在你們這裡真好。」他說。

「當然好。您要的話可以在這裡住到秋天。」

「對，應該是得這樣。我大概會在這住到九月之前。」

他沒由來地笑一笑，然後在一旁坐下。

[2] 這裡應指莫斯科的繪畫雕塑建築專科學校（契訶夫的二哥就讀於此），一八九六年被改制為高等教育學校，繪畫科、雕塑科需念八年畢業，而建築科需念十年。

「我正坐著從這裡看媽媽，」娜佳說。「她從這裡看起來好像很年輕。當然，我媽媽是有一點軟弱，」她默默地補一句，「但終究還是一個不平凡的女人。」

「對，是個好女人……」沙夏同意。「您的媽媽本身當然是非常善良可愛的女人，可是……該怎麼跟您說呢？今天清晨我到你們的廚房去，那裡有四個僕人直接睡在地板上，沒有床，只拿了破衣碎布墊著當臥鋪，臭氣沖天，滿地臭蟲、蟑螂……這跟二十年前沒兩樣，一點都沒變。唉，祖母的話，上帝保佑她，對於那種事她就是個老人家，沒什麼好怪她的；可是媽媽看來大概是個會說法文、會去參加演戲的人哪，她似乎會懂才對吧。」

沙夏說話的時候，會習慣伸出兩根瘦長的手指對著聆聽者。

「我始終覺得這裡有點奇怪，不太適應，」他繼續說。「真不曉得，怎麼沒有一個人去做點事情。媽媽成天只晃晃蕩蕩，像個公爵夫人還是什麼的，祖母也是什麼都不做，您——也一樣。還有您的未婚夫安德列．安德列伊奇，也什麼事都不做。」

娜佳聽過同樣這些話，是去年吧，又好像是前年，她知道沙夏除此之外就沒別的可評論，這話以前會逗得她笑，現在不知道為什麼她感到的是煩惱。

「這都是老調重彈，早就聽煩了，」她說完站起來。「您還是想點新鮮的來說吧。」

他笑了一笑也站起來，兩人走進屋裡去。她身材高眺，美麗苗條，現在在他身旁一比顯得健康漂亮極了；她感覺到這點，因而憐憫起他來，還莫名地覺得不好意思。

「您說了一堆沒必要的話，」她說。「正像您剛剛說到我的安德列，可是您根本不了解他。」

「我的安德列……上帝保佑他，保佑您的安德列！我這是在惋惜您的青春啊。」

當他們走進大廳，大家已經坐下吃晚餐了。祖母，或者像家裡面叫她——奶奶，她非常胖、不漂亮、濃眉，嘴上還帶了點細小的鬍鬚，說話宏亮，從她的聲音和態度看來，已經很清楚她是一家之主。她在市集上擁有一排貨攤，還有這棟帶有圓列柱和花園的老房子，可是她每天早晨還要禱告，祈求上帝別讓她破產，每到這時候她就哭了起來。她的兒媳婦，就是娜佳的母親妮娜・伊凡諾夫娜，是個淺色髮的女人，經常以緊身衣服打扮，戴夾鼻眼鏡，每根手指都戴著珠寶；安德列神父是個瘦巴巴的老先生，沒了牙齒，臉上那副表情好像是隨時準備要說什麼爆笑的事情；他的兒子安德列・安德列伊奇，是娜佳的未婚夫，胖而俊美，捲髮，看起來像個演員或藝術家——這三個人在談論催眠術。

「你在我這裡待一個禮拜身體就會康復的，」奶奶對沙夏說，「只要你在這多吃一點。你看你現在像什麼樣！」她嘆一口氣。「你變得真是可怕！這下可假不了，簡直是個浪子。」

「浪費父親賦予的財富，」安德列神父緩緩地說，眼神帶著笑意，「罪人跟著茫然無知的牲畜一起過活[1]……」

「我愛我的老爸，」安德列．安德列伊奇說，碰碰父親的肩膀。「真好的老先生。善良的老先生。」

大家沉默了一陣。沙夏突然笑了起來，隨即用餐巾捂著嘴巴。

「那麼，您信催眠術嗎？」安德列神父問妮娜．伊凡諾夫娜。

「我當然沒辦法肯定說我信，」妮娜．伊凡諾夫娜回答，擺出一臉非常認真甚至嚴肅的表情，「可是應該要承認，在自然界中有許多神祕不可知的事物。」

「完全同意您，但是我應該要補充一句，我們的信仰會大大限縮了神祕的範圍。」

端來了一隻非常油膩的肥火雞。安德列神父與妮娜．伊凡諾夫娜繼續他們的話題。妮娜．伊凡諾夫娜的手指上閃耀著寶石，隨後她的眼睛閃耀著淚水，情緒激動了起來。

---

[1] 典故出自《新約聖經．路加福音》，第十五章第十一至三十二節「浪子的比喻」。

「雖然我不敢與您爭論，」她說，「可是您得同意，在生活中有太多無解的謎啊！」

「一個謎都沒有，我敢向您保證。」

晚餐後安德列．安德列伊奇拉起小提琴，妮娜．伊凡諾夫娜幫他用鋼琴伴奏。他十年前在大學的語言系畢業，可是從沒在哪個單位工作過，平常也沒有什麼特定的事情要忙，只偶爾參加過幾場慈善音樂會，在城裡大家都叫他演員。

所有人靜靜聆聽安德列．安德列伊奇的演奏。桌上燒著水的茶炊靜靜滾沸，只有沙夏一個人在喝茶。當時鐘敲響十二點，提琴絃突然綳斷了，大家笑了起來，便在慌亂中一一道別離去。

娜佳送走了未婚夫後，回到自己樓上的房間，她跟母親住在樓上（樓下是祖母住的）。樓下大廳裡，燈火已熄滅，沙夏仍坐在那裡喝茶。他喝茶總是喝很久，按照莫斯科的方式，一次要喝七杯。當娜佳更衣躺上床，她還久久聽到僕人在樓下收拾東西的聲響，以及奶奶生氣的聲音。最終，一切回復平靜，只依稀聽到樓下的沙夏好像在自己的房間裡低聲咳嗽。

2

當娜佳醒來，應該是兩點鐘，黎明了。遠方某處有守夜人打更。她不想睡了，躺著反而覺得軟綿綿的，哪裡都不對勁。一如以往的五月夜晚，娜佳坐在床鋪上開始想事情，想的都還是昨天夜裡那些一個樣、無益又討人厭的事情，像是關於安德列．安德列伊奇如何對她獻殷勤，以及向她求婚，她又如何允諾，然後漸漸認定了這個善良的聰明人。然而為什麼現在，離婚禮剩下不到一個月，她開始感受到恐懼不安，彷彿等待她的是某種不確定又沉重的事情。

叮咚，叮咚——守夜人懶散地敲打著。——叮咚……

透過大面的舊窗戶可以望見花園，遠一點那邊有花香濃郁的丁香樹叢，花朵因寒冷而顯得困倦委靡；還看到白白濃濃的霧悄悄游近丁香樹叢，想要淹沒它們。在更遠的樹林枝頭上昏昏欲睡的烏鴉嘎嘎叫喊。

「我的天啊，我為何感覺如此沉重！」

可能，每個未婚妻在婚禮之前都會有這樣的經歷。誰知道呢！難道這是受了沙夏的影響？但沙夏已經連續好幾年都說同樣的話，好像是照著寫好的稿子唸一樣，以前聽他說的時候，只感覺天真又怪異。可是為什麼腦袋裡始終無法擺脫沙夏？為什麼？

守夜人早已不再敲敲打打。窗戶下和花園裡的小鳥唧唧喳喳，霧已散盡，四周春光乍亮彷彿綻放著微笑。沒多久，整個花園在陽光溫柔照料下，烘得暖暖的，清醒了過來，葉子上的露珠如寶石般閃耀著；這個老舊、荒廢已久的花園在這個早晨顯得多麼年輕漂亮。

奶奶已經醒來。沙夏粗聲低沉地咳了一咳。聽得到樓下有人搬來了茶炊，以及挪動椅子的聲響。

時鐘走得慢吞吞。娜佳已經起床很久，在花園裡散步了好一陣子，卻還是沒把早晨給拖過。

這時來了妮娜·伊凡諾夫娜，一臉哭過的樣子，手裡拿一杯礦泉水。她常做招魂術和順勢療法，閱讀很多書，愛談內心感受到的疑惑，這一切讓娜佳覺得無不隱含了深刻而神祕的思想。這會兒娜佳親吻了母親一下，便跟她一起走著。

「妳剛剛在哭什麼，媽媽？」她問。

「昨天晚上我開始讀一本小說，裡面說到一個老先生與他的女兒。老先生在某處工作，唉，偏偏他的長官愛上了他的女兒。書我還沒讀完，可是裡面就是有一個地方讓人忍不住掉下眼淚，」妮娜．伊凡諾夫娜喝一口水接著說。「今天早晨我想起來又哭了一下。」

「我是這幾天都很不快樂，」娜佳說。「為什麼我連著幾個晚上都無法好好睡？」

「我不知道，親愛的。我晚上睡不著的話，會緊緊地閉上眼睛，就像這樣，然後在心裡想像著安娜．卡列妮娜[1]的樣子，想像她如何走路、如何說話，或者想點什麼歷史的東西，古時候世界的……」

娜佳感覺到她的母親不了解她，也無法了解她。她這輩子第一次感覺到這點，她甚至覺得可怕，想要逃避，於是她便回到自己的房間內。

兩點鐘大家坐下用午餐。這天星期三，是齋戒日，因此祖母給大家端上齋戒吃的甜菜湯和魚粥。

沙夏除了甜菜湯外還故意喝了葷的湯，存心想捉弄祖母。吃午餐的時候他一直開

[1] 安娜．卡列妮娜是列夫．托爾斯泰同名小說的女主角，她的形象是不顧一切勇敢走出不幸福的婚姻和家庭，她出軌與相愛的人在一起，但最終在社會壓力下和情人背叛下走向絕路。

玩笑，但是他那笨拙沉重的笑話一出來，往往帶著道德說教的用意，便一點也不好笑了。他開玩笑之前，會舉起自己非常瘦長的手指，彷彿是死人的手指，每當想到他病得很嚴重，或許在世界上活的日子不多了，就會同情起他甚至流下眼淚。

午餐過後，祖母離開回自己房間休息。妮娜．伊凡諾夫娜彈一下子鋼琴，之後也離開。

「啊，親愛的娜佳，」沙夏開始他那套例行的餐後對話，「如果您願意聽我的話就好了！如果願意的話就好了！」

她閉著眼睛坐入一張老舊的扶手椅裡，而他在房間內靜靜徘徊，從這頭到那頭。

「如果您願意到外面唸書就好了！」他說。「只有受過教育啟蒙的和心靈聖潔的人才討人喜歡，才是社會所需要的。要知道，有越多這樣的人，天國才會及早降臨這片土地。你們的城市，到時候就會一點一滴被消滅殆盡——一切都會徹底翻飛，全都會改觀，彷彿施了魔法似的。到時候這裡將會有巨大雄偉的房子、神妙的花園、奇特的噴泉、優異的人們……可是最主要不是這些。主要的是，看看我們的群眾，他們現在是什麼樣子，以後就不會有這般惡模惡樣了，因為每個人都將會有信仰，每個人都將知道為了什麼而活著，沒有一個會需要依賴群體過活。可愛的，親愛的，您出去走走吧！讓所有人知道，您是厭倦了這個窒悶灰暗又讓人愧疚的生活。哪怕至少證明給自己看吧！」

「不行，沙夏。我要嫁人了。」

「唉，夠了！這種事誰需要呢？」

他們到花園去，稍微散一下步。

「無論如何，我親愛的，一定要仔細想想，一定要了解，您這無所事事的生活多麼不乾淨、多麼不道德，」沙夏接著說。「您得要了解，因為這麼說好了，像您和您的母親、祖母什麼事都不做，這意味著，有其他人在幫你們做事，你們吃定了別人的生活，難道這很乾淨，一點都不骯髒嗎？」

娜佳想說：「對，這是真的」，還想說她都了解。可是她已經眼淚盈眶，突然說不出話來，整個人縮成一團，走回自己房間。

黃昏時分，安德列．安德列伊奇過來這裡，照舊拉了好久的提琴。他向來話不多，只愛拉提琴，可能因為拉提琴的時候可以沉默不說話。十點的時候，他準備回家，已經穿上大衣了，還去擁抱娜佳並貪婪地親吻她的臉龐、肩膀和手。

「我親愛的、可愛的、美妙的……」他喃喃說著。「啊，我多麼幸福！我高興得要發狂！」

她覺得這好像是很久以前就聽過的台詞，很久很久，或者是在哪本書裡讀過的……好像是在一本老舊破爛且早已丟掉的小說裡。

大廳裡，沙夏坐在桌旁喝茶，茶碟子[1]托在自己修長的五根指頭上；奶奶擺開紙牌算命，妮娜．伊凡諾夫娜則在讀書。聖像前的長明油燈的火苗劈啪作響，一切好像很寧靜順遂。娜佳道過晚安，回到自己樓上的房間，躺下後立刻睡著了。然而，一如昨夜，天才剛破曉她就醒來。她不想繼續睡，內心不安而沉重。她坐起來，把頭靠向膝蓋，想著未婚夫和婚禮的事情……她不知為何想起她的母親並不愛自己過世的丈夫，現在一無所有，完全依靠婆婆也就是她的奶奶過活。娜佳以前怎麼都沒想過，也無法了解，為什麼她從前一直在母親身上看到的是某種特別與不凡，卻沒注意到這不過是一個普通平凡又不幸的女人。

樓下的沙夏也沒睡——聽得到他在咳嗽。娜佳心想這個人真是奇怪又天真，他所夢想的那些神妙的花園和奇特的噴泉裡，漫著一股荒謬；可是不知道為什麼在他的天

---

[1] 從前俄羅斯喝茶的習慣是用碟子盛茶來喝。

真中，甚至說在這股荒謬中，卻伴著那麼多的美妙，她這才稍稍想到要不要去唸書呢，她整個心頭和胸膛就被一股清涼衝擊著，滿盈著歡樂欣喜的感受。

「唉，最好別想，最好別想……」她自言自語。「不需要想這個。」

叮咚……——遠方某處的守夜人在打更。——叮咚……叮咚……

3

六月中旬，沙夏忽然感到待在這裡無趣了，打算回莫斯科。

「我沒辦法住在這個城市，」他陰鬱地說。「這裡沒有淨水引水道，也沒有汙水下水道！我厭惡在這裡吃飯：廚房裡髒得不像話……」

「那再等一等吧，浪子！」祖母不知為何音量放輕，「七號就要舉行婚禮了！」

「不想等。」

「可是你說過要在我們這裡待到九月前的！」

「但現在我不想了。我該要去工作了！」

這個夏天的天氣又溼又冷，樹木溼潮潮的，花園裡到處看起來都不太親切又教人鬱悶，會讓人想要實際一點去做點事情。在房間裡面，樓下樓上到處都聽得到不知哪來的陌生女人的聲音，祖母房裡的縫紉機噠噠作響：這是在趕做嫁妝。送給娜佳的東西光是毛皮大衣就有六件，照祖母的說法，其中最便宜的就要值三百盧布！這種無謂的忙亂激怒了沙夏，他坐在自己的房間裡生氣；可是大家依舊勸他留下來，最後他答應會待到七月一日，不會再提早走了。

時間過得很快。在彼得日[1]的午餐之後，安德列．安德列伊奇帶著娜佳到莫斯科街去，為了要再驗收一下那棟租來的新房，這是家人老早準備好要給這對新婚夫婦住的。房子有兩層樓，但目前只有樓上整理好。大廳的地面亮亮晶晶，漆成了鑲木地板的樣子，還擺著維也納式椅子、大鋼琴、小提琴譜架。油漆味沒散。牆上掛著一幅金框的大尺寸油畫，色彩繽紛，畫中是一位赤裸的女士，她旁邊有一個斷了把手的淡紫色花瓶。

[1]　東正教的節日，於俄曆六月二十九日（新曆七月十二日），紀念彼得與保羅兩位使徒。

「真是美妙的畫像啊，」安德列．安德列伊奇說，虔敬地嘆一口氣。「這是藝術家施什馬切夫斯基的作品。」

接下來是客廳，有圓桌、沙發，以及幾張蒙著亮藍色布料的扶手椅。沙發上有一幅很大的肖畫像，是頭戴法冠、身佩勛章的安德列神父。然後進到餐廳，那裡設有餐檯，之後再到臥室，昏暗中可見兩張並排的床，給人感覺似乎在裝潢的時候，就以為這裡以後會永遠幸福美滿，不可能會有其他情況了。安德列．安德列伊奇帶著娜佳一間一間房參觀，一直摟著她的腰；而她卻有一種虛弱、做錯事的感受，她痛恨這些房間、床鋪、椅子，那幅畫中的裸女更使她痛苦不堪。對她來說已經很清楚，她不再愛安德列．安德列伊奇，或者可能是她從未愛過他；可是這要怎麼說呢，又該向誰說呢，是為了什麼目的說呢？她不了解，也無法了解，儘管她日日夜夜都在想這些事……他摟著她的腰，話說得多麼甜美直白，不斷在自己的公寓裡來來回回走著，他顯得多麼幸福。而這一切在她眼前只有一個庸俗可言，愚蠢、天真、難以承受的庸俗，他那隻摟著她的腰的手，對她來說彷彿是堅硬冰冷的箍環。她每分每秒都準備要逃開、大哭、衝出窗戶。安德列．安德列伊奇帶她到了浴室，在這裡他碰一下鑲在牆面的水龍頭，水就忽地流出來。

「怎麼樣？」他說完便笑了開懷。「我吩咐在閣樓頂上做一個有百桶容量的大水箱，這樣我們現在才有水可用。」

他們在院子裡走了一陣子，然後出去到街上，招了出租馬車離開。揚起的灰塵有如濃厚的烏雲一般，好像馬上就要下雨的感覺。

「妳不冷嗎？」安德列．安德列伊奇問，瞇著眼睛防灰塵。

她沉默不語。

「昨天那個沙夏，妳記得嗎？責備我什麼事都不做，」他說，稍微停頓一下。「不得不說，他是對的！毫無疑問的正確！我什麼都不做也什麼都不會做。我親愛的，這是為什麼？為什麼我一想到頭上頂著有徽章的制帽在辦公就討厭？為什麼我一見到律師、拉丁文老師或地方行政官員時就感到那麼不自在？啊，俄羅斯老媽呀！啊，俄羅斯老媽，妳怎麼還背負著那麼多無所事事又無益的人！怎麼要背負那麼多像我這樣的人讓妳痛苦不已！」

他歸納出他之所以無所事事的原委，認為這是時代的特徵。

「等我們結婚以後，」他繼續說，「就一起到鄉下，我親愛的，我們到那裡做點事吧！我會給自己買一塊小小的地，上面有花園、小溪，我們一起打拚，好好體驗生活……啊，這將會多麼美好！」

他脫下帽子，頭髮迎風飄揚，而她聽著他說話，心裡卻想：「上帝啊，我想回家！上帝啊！」差不多快到家的時候，他們的車追過了安德列神父。

「那走著的是父親！」安德列．安德列伊奇高興得很，揮舞著帽子。「我愛我的老爸，真的，」他說著，同時付了車錢。「真好的老先生。善良的老先生。」

娜佳回到家一肚子氣，身體不太舒服，心裡想整個晚上又會有一大堆客人，必須要招呼他們，陪笑，聽小提琴，聽所有人胡說八道只談婚禮的事情。祖母穿著她那件華麗的絲質衣裳坐在茶炊旁，一副高姿態顯得傲慢，她總是以這副樣子出現在賓客面前。安德列神父走進來，臉上掛著他獨有的奸笑。

「見到您身體安康，令人喜樂欣慰。」他對祖母說。但很難明白他這話是在開玩笑還是認真的。

4

強風敲著窗戶，打著屋頂；呼嘯聲不斷，屋內的壁爐裡還傳來家神哀怨又陰鬱的嗚唱。午夜時分。屋子裡大家都躺上床了，可是沒人睡著，娜佳總覺得樓下好像還有人在拉提琴。傳來一陣猛烈的敲擊，應該是護窗板被吹落了。沒多久，只穿一件襯衫的妮娜·伊凡諾夫娜拿著蠟燭走進來。

「這是什麼砰砰響，娜佳？」她問。

母親的頭髮編了一條辮子，她怯怯地微笑，在這個暴風之夜她顯得老了一些，不那麼漂亮了，個子似乎也矮了點。娜佳還記得，才沒多久前她認為母親是個不平凡的女人，她會很驕傲地聽母親說話，而現在她怎麼也無法想起那些話了；記憶所及的一切是那麼微弱，也沒必要了。

壁爐裡傳出些許低沉的歌聲，聽起來甚至像是：「啊——啊，我的老天——天啊！」娜佳坐在床鋪上，突然緊緊抓住自己的頭髮痛哭起來。

「媽媽，媽媽，」她說，「我親愛的，但願妳知道我是怎麼了！請妳，求求妳，讓我離開這裡！求求妳！」

「去哪？」妮娜．伊凡諾夫娜不明所以地問，坐到床鋪上。「要離開去哪？」

娜佳哭了好久，沒法說出半句話。

「讓我離開這個城市！」她終於說。「不該有婚禮，以後也不會有，請妳了解！我不愛那個男人……連談一談他都沒辦法。」

「不，我親愛的，不，」妮娜．伊凡諾夫娜驚嚇不已，急著說。「妳先靜下心來吧，是妳心情不好的關係。會過去的。這種事經常有。妳大概跟安德列吵架了吧，但是相愛的人你爭我吵——不過是尋開心罷了。」

「唉，妳走開，媽媽，妳走開！」娜佳放聲大哭。

「是啊，」妮娜．伊凡諾夫娜沉默一會後說。「沒多久前妳還只是小嬰兒、小女孩，而現在已經成了人家的未婚妻。大自然中新事舊物更迭不息。妳還不自覺即將會成為母親、老太婆，妳將會跟我一樣有個固執的女兒啊。」

「親愛的，我的好媽媽，妳可是聰明人，要知道妳是不幸的啊，」娜佳說，「妳非常的不幸——為了什麼妳還要說這些俗不可耐的話？看在上帝的份上，這是為什麼？」

妮娜．伊凡諾夫娜還想說點什麼，但她沒辦法說出一個字，哽咽著回到自己房間。壁爐再次低鳴，一下子讓人覺得很可怕。娜佳從床鋪上跳起來，快速到媽媽房間。妮娜．伊凡諾夫娜一臉淚痕躺在床上，蓋著藍色的被子，手中還握著一本書。

「媽媽，妳聽我說！」娜佳說。「求求妳，想一想，妳會了解的！妳只要了解，我們的生活是多麼卑微低下啊。我的眼睛睜亮了，現在什麼都看清了。妳的安德列．安德列伊奇是個什麼樣的人？他可是一點都不聰明啊，媽媽！主啊，我的老天！請妳了解，媽媽，他是笨蛋一個！」

「妳跟妳的老太婆都在折磨我！」妮娜．伊凡諾夫娜倏地坐起來，然後她嗚咽地說。「我想要過生活！過生活啊！」她重複說著，用拳頭捶了胸口兩次。「你們給我自由吧！我還年輕，我想要過生活，而你們卻讓我變成一個老太婆！……」

她痛哭失聲，躺在被子裡蜷縮成一團，顯得渺小、可憐、愚蠢。娜佳回到自己房間後，穿上衣服坐在窗邊，等待著早晨。她整夜坐著想著，好像有什麼人一直敲著護窗板，吹著口哨。

早上，祖母抱怨著整夜的風把花園裡的蘋果都吹落了，還把一棵老李樹給吹斷。一片灰濛濛、暗淡乏味，暗到簡直可以點燈了；大家都在抱怨天氣冷，雨水拍打著窗戶。喝過茶後娜佳跑去找沙夏，一句話也沒說，在角落的一張扶手椅旁掩面跪著。

「怎麼了？」沙夏問。

「我沒辦法……」她說。「我從前怎麼能夠生活在這裡，我不了解，不能理解！我看不起未婚夫，看不起自己，看不起所有這一切無所事事又無意義的生活……」

「好了，好了……」沙夏說，還不是很清楚發生了什麼事。「這沒什麼……這很好。」

「這種生活使我感到厭惡，」娜佳繼續說，「我無法忍受在這裡多待一天！明天我就要離開這裡。請您帶我一起走吧，看在上帝份上！」

沙夏這下子驚訝地望著她；他終於明白，並像個小孩子似的高興起來。他手舞足蹈，歡喜得彷彿跳起舞來。

「太棒了！」他說，「老天啊，這真是太好了！」

她睜大那雙充滿愛意的眼睛，眨也不眨地瞧著他，彷彿著了迷，等待他立刻用他那種獨有的自傲告訴她什麼重大無比的事情；他雖然什麼都還沒說，她就已經覺得，在她面前正展開一個廣闊的新生活藍圖，是她聞所未聞的，她滿心期待地看著未來，準備好面對一切，哪怕是面對死亡。

「明天我就離開，」他盤算之後說，「您就說要到火車站為我送行……您的行李我會收拾好放在我的皮箱中，車票我會再拿給您；在車站搖第三次鈴的那一刻，您再進到車廂內，我們就這樣搭車走。您就送我到莫斯科，之後您自己再繼續北上去彼得堡。護照有在身上嗎？」

「有。」

「我向您發誓，您不會遺憾也不會後悔的，」沙夏情緒激昂地說。「去唸書吧，到了那裡就聽天由命了。等您把自己的生活翻了一翻之後，那麼一切都會改觀的。主要是——翻新生活，剩下的都是其次。就這樣了，所以，明天我們就走囉？」

「嗯，是啊！看在老天的份上！」

娜佳覺得非常緊張，內心感到從未有過的沉重，並以為從現在到出發之前她一定會飽受煎熬或痛苦地胡思亂想；但是她才剛回到樓上自己房間內躺上床，就立刻睡著了，而且睡得很沉，帶著一臉的淚痕與微笑，一直睡到傍晚。

5

出租馬車派來了。娜佳已經戴好帽子穿上大衣了還跑上樓去，為了要再看母親一眼，再看一次自己所擁有的一切；她站在自己房間裡，靠近那張尚有餘溫的床，瞧一遍之後她便靜悄悄地走向母親那裡。妮娜．伊凡諾夫娜還在睡，房間裡很安靜。娜佳親吻母親一下，幫她順一順頭髮，站了一兩分鐘……之後她不慌不忙地轉身下樓。

院子裡下著大雨。有頂蓋的馬車整個溼淋淋的，停在宅院入口旁。

「別去跟他坐馬車啦，娜佳，」在僕人搬放行李箱的時候祖母說。「怎麼會想在這種天氣去送行！待在家裡面多好。瞧，這雨多麼大！」

娜佳想要說什麼但沒法說出口。這時沙夏扶娜佳坐下，用厚毛圍巾蓋著她的腳。然後他自己坐到旁邊。

「一路平安！老天保佑！」祖母在門口台階上大喊。「沙夏，你到莫斯科要寫信給我們啊！」

「好啦。再會，奶奶！」

「天上的聖母保佑你！」

「唉，看看這天氣！」沙夏說。

娜佳這時候才開始哭泣。現在對她來說已經很清楚，她一定得離開了，當她與祖母道別，當她看母親最後一面，那時她始終還沒法相信。別了，城市！她忽然想起：還有安德列和他父親，以及新的公寓、裸女與花瓶，都永別了；這一切不會再令她驚嚇或苦惱，而是顯得幼稚又卑微，漸漸退到後面的後面去了。當他們坐到火車裡，火車開動的那一刻，這一切都成了過去，那麼龐大肅穆的過往被擠壓成一小團，宏偉寬廣的未來展開了，這個未來在今天之前是那麼不被注意到。雨水敲打著火車車窗，窗外只看得到綠色的原野，電線桿和電線上的鳥兒飄忽閃動著，突然間她心情愉快得喘不過氣來：她想起來她是為自由而去，為學習而去，而這不就跟古早某個時候所稱的「去過哥薩克的自由生活」[1]沒兩樣。她又哭又笑祈禱著。

「沒什麼的！」沙夏微微笑著說。「沒什麼的！」

---

[1] 哥薩克是俄國歷史上政權更替或被邊緣化的斯拉夫人流離至南俄草原而聚合的社群，通稱哥薩克人，並非某一個民族的名稱。他們以自由生活為號召，因此哥薩克也成了自由的象徵。

6

秋天過去，之後冬天也過去了。娜佳的鄉愁漸濃，每天想著母親和祖母，想著沙夏。家裡來的信件上口氣平靜和善，好像這一切已經被原諒被遺忘。在五月的考試之後，她顯得神清氣爽，於是回了家一趟，她順路在莫斯科停留一下，去探望沙夏。他依舊如去年夏天那樣：留鬍子、披頭散髮、一樣的外衣和帆布褲，一樣俊美的大眼睛；可是他看起來不健康、受盡磨難，他變老變瘦了，一直咳嗽。不知為何他讓娜佳覺得他成了灰撲撲的鄉下人。

「我的老天啊，娜佳來了！」他說，笑得樂開懷。「我最親最愛的人！」

他們坐在石印工廠裡，那裡充滿菸味，還瀰漫著油墨和顏料的味道，濃得使空氣汙濁；然後到他的房間，一樣是充滿菸味，地上到處有痰；桌上已經冷了的茶炊旁放著一個破盤子和一小張黑黑的紙，桌面和地板上一大堆死掉的蒼蠅。從這裡的一切可以看出來，沙夏的私生活過得很邋遢，漫不經心，完全蔑視舒適的生活，如果誰嘮叨起他的個人幸福、私生活或愛情的話，那麼他也完全不會理解，只會笑一笑。

「沒什麼了，一切都很好，」娜佳連忙說。「媽媽去年秋天來彼得堡找過我，她說奶奶現在不氣了，只是總在我的房間裡面走來走去，對著牆劃十字祈禱。」

沙夏看起來很高興，但老是咳嗽，說話聲音顫抖，娜佳一直注視著他，不了解他是否真的病得很重，或者這只是她的感覺而已。

「沙夏，我親愛的，」她說。「您可是病了！」

「不，沒什麼。病是病了，但不嚴重……」

「啊，我的老天，」娜佳擔心起來，「為什麼您不去看病，為什麼您不愛惜自己的身體健康？我親愛的可愛的沙夏，」她說完眼淚忽地冒出來，這時在她的腦海裡，不知為何浮現出安德列．安德列伊奇、裸女與花瓶，以及她過往所有的一切，現在彷佛已經是遙不可及的童年；她哭了，因為沙夏已不像去年一樣讓她覺得那麼新潮、有見識又風趣的了。「親愛的沙夏，您病得非常非常重。我不知道該做什麼，才能讓您不要那麼蒼白瘦弱。我虧欠您太多！您不可能想像得到，您為我做了多少事情，我的好沙夏！對我來說您根本就是我現在最親最近的人了。」

他們坐了一會，聊了一下；娜佳在彼得堡住了一個冬天之後，她現在覺得無論是沙夏本人，或他的言談微笑，一舉一動都散發著某種過時、老氣、陳腐過頭的，或許已經跨進墳墓中的氣息。

「我後天要去伏爾加河，」沙夏說，「去喝那裡的馬奶酒治病。我想喝馬奶酒。我跟一位朋友還有他妻子一起去。他妻子是個很棒的人；我一直鼓勵她，勸她去唸書。我想的就是要她把生活翻轉一下。」

他們話完家常之後去火車站。沙夏請喫茶和蘋果；火車要發動時，他微笑著揮舞手帕，甚至從他的兩腳都可以看出來，他病得很嚴重，恐怕活不了多久了。

中午，娜佳回到自己的家鄉城市。她從火車站出來往家裡去的時候，街道讓她感覺非常寬闊，而房子都變小了，像被壓扁的樣子；沒什麼人，只遇到一位穿著紅棕色大衣的德國人，看樣子是樂器調音師。所有的房子似乎都蒙著灰塵。祖母完全老了，依舊又胖又不漂亮，兩手摟著娜佳，臉埋在她肩膀上哭，久久無法分開。妮娜．伊凡諾夫娜也急劇地變老變醜了，好像整個臉蛋消瘦下來，還是跟以前一樣衣服束得很緊，手指上閃耀著寶石戒指。

「我親愛的！」她全身發抖著說。「我親愛的！」

之後他們坐下來默默地哭泣。看得出來，祖母和母親感覺到過去喪失的已經永遠無法回復了：已經沒了社會地位，沒了往日的名譽，也沒了邀客人來訪的權利；這就好像在無憂無慮的輕鬆生活中，半夜忽然有警察到家裡查案，原來是房子的主人盜用公款、偽造文書——他們已經與從前的無憂無慮的生活永別了！

娜佳到樓上去，看到她那張床還在，窗戶依舊掛著單純白色的窗簾，窗外是一樣的花園，那裡陽光滿溢，歡樂而喧囂。她摸了摸自己的桌子，坐下來想一想事情。然後她好好地用了午餐，喝茶加美味、高脂的鮮奶油，可是好像少了個什麼東西，她覺得房間裡很空虛，天花板很低。晚上她躺下睡覺，蓋上被子，她覺得躺在這張溫暖又異常柔軟的床鋪上真是莫名可笑。

妮娜·伊凡諾夫娜過來坐一下子，好像是犯錯的人那般坐著，一副不好意思又拘謹的模樣。

「嘿，怎麼樣，娜佳？」她沉默之後問。「妳滿意了吧？很滿意吧？」

「滿意，媽媽。」

妮娜·伊凡諾夫娜站起來，對娜佳和窗戶劃十字。

「而我呢，像妳現在看到的，信了教，」她說。「妳知道嗎，我現在研究起哲學了，一直在思考，思考……對我來說，現在許多東西清楚多了，像大白天一樣清楚。我覺得，首先是必須要像透過三稜鏡一樣去過生活。」

「媽媽，告訴我，祖母身體如何？」

「好像還好。妳那時候與沙夏離家出走，祖母一讀到妳發來的電報時便暈倒了；躺了三天動也不動。然後她一直祈禱上帝，一直哭泣。現在沒什麼了。」

她站起來在房間裡走來走去。

叮咚……──守夜人打更。──叮咚、叮咚……

「首先是要像透過三稜鏡一樣去過生活，」她說。「換句話說，就是必須讓生活在認知上分化成最簡單的成分，就好像七個基本色彩一樣，每一個成分都要分別研究。」

娜佳很快睡著了，已經沒聽到媽媽還說了什麼，也不知道她什麼時候離開。

五月過去，六月來臨。娜佳又習慣了家裡。祖母忙著準備茶炊，深深嘆息；每天晚上妮娜．伊凡諾夫娜反覆談著自己的哲學觀；她依然像個食客般住在這棟房子裡，花的每一個銅板都要經過祖母那關。房子裡很多蒼蠅，房間的天花板好像變得越來越低。奶奶與媽媽不太敢出門上街，害怕在路上遇到安德列神父他們父子。娜佳在花園和街上漫步，瞧著房子，瞧著灰色的圍欄，她覺得這個城市裡的一切都太老舊，過氣了，這裡的一切，不過就像是在等待結束，或是在等待某一個嶄新的開端。啊，要是那嶄新明朗的生活能夠盡快到來就好了，那時候可以直接勇敢地面對自己的命運抉擇，認知自己是正確的，過得愉快而自由！而那樣的生活遲早會來臨的！該有那樣的時候，就從祖母家開始，那裡蓋得讓四個僕人無法過像樣生活，只能窩在地下室一個骯髒的房間裡——總有一天，從這棟房子開始，以後不會留下過去的一點痕跡，這房子將被遺忘，沒有人會記起來。

來跟娜佳玩的只有隔壁院子裡的小孩子；當她在花園散步的時候，他們敲打著圍欄，嘲笑她：

「新娘子！新娘子！」

沙夏從薩拉托夫捎來了信，用他獨有的輕快飛揚的筆跡寫著，說他到伏爾加河旅行非常順利，但在薩拉托夫時他覺得有點不舒服，聲音啞了，已經在醫院躺了兩個禮拜。她了解這意味著什麼，有一種幾近確信的預感襲向她。她對沙夏的這種預感和想法已經不像從前那麼使她憂慮了，這讓她感到不快。她熱烈地想要生活，想要去彼得堡，與沙夏的相識是甜蜜，但卻已成遙遙遠遠的過往！她整夜不能眠，早晨坐在窗邊，留心傾聽周遭。的確，樓下傳來聲音——緊張兮兮的祖母開始匆忙地問東問西，然後好像有誰哭了……當娜佳走到樓下去，祖母站在角落祈禱，她的臉看起來剛剛哭過。

桌上放著一封電報。

娜佳剛剛在房間裡踱步許久，聽著祖母哭泣，然後她拿起電報來讀。上面寫著：亞歷山大．季莫費伊奇，或者簡稱沙夏，昨天早晨在薩拉托夫因肺結核過世。

祖母與妮娜．伊凡諾夫娜到教堂預定了追悼會，娜佳則又在房間裡徘徊好久，思索著事情。她清楚認知到，她的生活如同沙夏所想的翻轉了，她在這裡是孤獨的異類，沒人需要她，而她也不需要這裡的一切，過去的一切已經與她剝離，消失無蹤，彷彿被燒掉，灰燼給風吹走。她走進沙夏的房間，在那裡站一下子。

「永別了，親愛的沙夏！」她想著。在她面前浮現出一個寬廣遼闊的新生活，而這個生活尚未明朗，充滿神祕，吸引著她，召喚著她。

她走回自己樓上的房間收拾東西，隔天早晨，她與所有親人告別，然後就滿心歡喜、充滿活力地離開了這個城市——如她所想的，永遠離開了。

燈火[1]

[1] 本篇原作發表於一八八八年六月號《北方信使》雜誌，作者署名「安東・契訶夫」。此中篇小說當時受到兩極化的評價，契訶夫於一八八八年五月三十日寫信給《新時代報》負責人蘇沃林，對文化界的負面批評如此回應：「藝術家不該是自己筆下人物的裁判法官，而該是中立的見證人……讀者才是陪審團，自會做出評價。」——契訶夫這段話談到自己所認知的藝術家使命，確定了他的客觀寫實風格。十一年之後，契訶夫選編作品全集時不收錄此作，但以此故事為原型重新改寫成另一篇作品〈帶小狗的女士〉。

——俄文版編注與譯注

狗在門外不安地吠叫。工程師阿納尼耶夫和他的助手大學生馮．史騰堡與我從工寮走出來看看牠是對誰在叫。我是這裡的客人，本來可以不用出去，但老實說，喝了葡萄酒後我的頭有點暈，因此我樂得出去透透新鮮的空氣。

「什麼人都沒有……」當我們到了外面，阿納尼耶夫說。「你到底在瞎叫什麼，阿索爾卡？笨蛋！」

周圍半個人影都沒有。笨蛋阿索爾卡是一隻在院子裡看門的黑狗，牠怯生生地靠近我們，搖搖尾巴，大概想為自己無故亂叫來向我們道歉。工程師彎下腰，摸摸牠兩耳之間的頭頂。

「你怎麼，無故叫什麼呢？」他用一種好心人對小孩子和狗說話的聲調說。「做惡夢了是不是？對了，醫生，請您留意一下，」他轉頭向我說，「這真是隻非常神經質的動物！您能不能想像得到，牠居然無法忍受孤單，常做惡夢且被惡夢驚嚇，如果有人對牠喝斥一下，那牠就好像歇斯底里發作似的。」

「嗯，這是隻情感纖細的狗……」大學生同意。

阿索爾卡應該了解剛剛的對話是在說牠；牠抬起嘴巴愁苦地哀嚎，彷彿在說：「對，有時候我難過得受不了，還請你們原諒！」

這個八月的夜晚天上雖有星星，可是很昏暗。由於我從來沒有在這麼奇特的環境下待過，這次是偶然來到這裡，感覺這個星空夜晚很荒涼蕭瑟、不親切，比它原本該有的樣子還要昏暗。我是位在一條還在施工中的鐵路線上。高高的鐵路土堤路基蓋了一半，沙堆、黏土、碎石、工寮、坑洞、隨處擺放的手推車，以及工人住的土屋隆起的平台——全部這些亂七八糟的東西被暗夜抹黑成單一色調，給這片土地添上了一個詭異樣貌，教人想起渾沌時期的景象。我舉目所及的這些東西，橫七豎八的毫無秩序，在挖得糟糕不像樣的坑洞之間，看到人的身影與細長的電線桿感覺真是怪；人影與電線桿破壞了這畫面的整體布局，好像不該出現在這裡。四下靜悄悄，似乎只有在我們頭頂上高高的某個地方，傳來電報機器嘟嘟響著乏味的曲調。

我們費勁爬上路堤，從這裡的高度俯望大地。離我們大約五十俄丈[1]遠的地方，那裡的坑洞、沙堆與夜霧匯集連成一片，閃耀著一盞朦朧的燈火。在那盞燈之後亮著另一盞，之後有第三盞，離百步之後，一旁亮著兩隻紅色的眼睛——大概是某間工寮的窗戶——接下去，那樣的燈火有一長排，越來越密也越朦朧，沿鐵路線延伸至地平線

[1] 俄國舊制長度單位，一俄丈等於二．一三公尺。

那端，然後轉半個圈朝左方而去，消失在遙遠的夜霧中。燈光靜止不動。在這些燈火、夜晚的寂靜，以及在電報機器的鬱鬱悶響中，感覺得出有什麼共通密謀。好像有某個重大的祕密被掩藏在這路堤下面，只有這些燈火、夜晚、電線才知道……

「眼前這一切真是天賜美妙，主啊！」阿納尼耶夫呼一口氣。「這麼遼闊無邊美麗無際，無盡的豐饒啊！這是什麼樣的路堤！老兄，這個簡直不是路堤，而是整座白朗峰啊！價值百萬……」

讚嘆著燈火與價值百萬的路堤，喝醉了的工程師同時也神情感傷地拍一拍大學生馮．史騰堡的肩膀，用玩笑的語氣繼續說：

「米哈伊羅．米哈伊雷奇，您怎麼沉思起來了？大概是看到自己親手做的工程很愉快吧？同樣這個地方去年還是個光禿禿的草原，半個人影都沒有，而現在您看看：有生活，有文明！這一切多麼美好啊，真的！現在我和您一起建築這條鐵路，我們之後再過一兩百年，善心人士會在這裡蓋起工廠、學校、醫院，然後就一片欣欣向榮囉！是吧？」

大學生手插進口袋站著不動，眼睛沒有離開燈火。他沒聽工程師說話，心裡在想一些事情，看得出來，他常遇到這種不想說話也不想聽話的時候。在漫長的沉默之後，他轉身面對我靜靜地說：

「您可知道，這些無盡的燈火像什麼東西？它們喚起我的想像，想到某種早已消逝的、數千年前的東西，類似亞瑪力人或非利士人[1]的戰鬥陣營。好像就是這種舊約聖經裡的民族，他們駐紮了軍營，等待著黎明將要與掃羅或大衛交戰。只差號角聲，再加上衛哨兵用那種衣索比亞語之類的傳呼聲，就會讓這個幻像更完整。」

「也許吧……」工程師同意。

然後，好像是老天故意安排似的，一陣風沿著鐵路線吹過來，傳來類似刀劍鏘鏘的聲響。大家好一陣子沒說話。我不知道工程師和大學生現在在想什麼，但是我已經有感覺，我確實在面前看到了所謂早已消逝的民族，甚至聽到衛哨兵說著聽不懂的語言。我的想像很快浮現出軍帳、異邦人，以及他們的奇裝異服和盔甲……

「對，」大學生若有所思喃喃說著。「曾幾何時，這個世上住著非利士人和亞瑪力人，大舉用兵，扮演著某種角色，而現在他們卻消逝無蹤。我們也將會如此。現在

[1] 亞瑪力人（Amalekites）、非利士人（Philistines），皆是與以色列為敵的古老民族，《舊約聖經》中多次提到。

我們建築鐵路，站在這裡深論哲思，但是過了兩千年，從這個路堤和現在所有辛苦工作後正睡覺的人們身上，不會留下一點痕跡。說穿了這就很可怕！」

「您丟掉這些想法吧……」工程師一副教訓的口吻嚴肅地說。

「為什麼？」

「是因為……有這樣想法的人應是想結束生活，而不是開始生活。這些想法對您來說還太年輕。」

「到底為什麼？」大學生再問一次。

「這些關於人生短暫、無用、無意義的想法，關於死亡不可避免，關於死後徒黯然等等，所有這些高深的想法，我的小可愛，在年紀大的時候談論我會說很好也很自然，當這些想法是長期心靈運作且備受磨難後形成的，確實就會是智慧的財富；但是對年輕人的腦袋來說，才剛開始獨立生活就有這樣的想法是不幸的！不幸啊！」阿納尼耶夫揮一揮手重複說著。「我認為，在您這個年紀，甚至最好是沒頭沒腦地去做事，也好過去想這些問題。我說公子爺啊，我是很認真的，而且我老早就想要跟您談這件事了，打從我第一天認識您就注意到您特別偏愛這些該死的想法！」

「主啊，為什麼這些想法該死？」大學生笑笑地問，從他的聲音和表情看得出來，他對工程師的言語挑釁絲毫不感興趣，回答只是出於單純的客套。

我睏得眼睛睜不開了。我期待著，在外面走一走之後我們馬上要互道晚安便去睡覺，可是事與願違。當我們回到工寮，工程師把空酒瓶收拾到床鋪下，再從一個大編簍中拿出兩瓶新酒，打開瓶蓋，坐在自己的工作桌前，擺出一副想要繼續喝酒、聊天，又一邊做事的姿態。他就著玻璃杯喝一小口，用鉛筆在施工圖上做些標記，然後接著向大學生論證他那種想法不恰當。大學生坐在他旁邊，檢查一些帳目數字，沒說話。他像我一樣，都不想說也不想聽了。為了不妨礙他們工作，我坐到桌子另一邊工程師的那張歪腳的行軍床上，感覺無趣，每分每秒都在等待他們提議上床睡覺。已經半夜十二點了。

由於無事可做，我便觀察起新認識的朋友。我以前從沒見過阿納尼耶夫和大學生，才剛剛在前面所說的那個夜晚與他們相識。那天晚上很晚我從市集騎馬要回一位地主家，我在那邊作客，但在黑暗中走錯路迷路了。我在鐵路線附近打轉，眼見暗黑夜色漸沉，我想起了傳聞中的「鐵路上的赤腳流氓」，無論徒步或騎馬的過客都難逃他們的埋伏，我心裡害怕，經過第一間工寮就趕緊敲門。我就在這裡遇到阿納尼耶夫和大學生，受到他們的殷勤招待。儘管素昧平生偶然相遇，我們卻很快熟起來，交了朋友，一開始我們喝茶，再喝葡萄酒之後已經感覺到彼此彷彿認識了好幾年。大概一個小時之後，我已經清楚他們的來歷，以及命運如何把他們從首都送到這個遙遠的草原上，他們也認識了我，知道我做些什麼想些什麼。

工程師阿納尼耶夫，他的名字與父名是尼古拉．阿納斯塔謝維奇，是個肩膀寬厚結實的人，從外表看來，他已開始像奧賽羅[1]那樣「朝暮年的山谷下去」，還虛胖了起來。他也是媒婆們所津津樂道的「正值青壯的男人」，就是說不年輕也不老，喜愛吃好喝好，讚嘆過往，走幾步路就喘，睡覺鼾聲大作，對待身旁的人總是一副安詳平和的好心腸，是正派規矩的人才有的，這種人一旦晉升到校官軍階，往往會開始變胖。他的頭髮和鬍子離花白的時候還早，可是他已經不由自主、毫無自知又高傲地稱年輕人「我的小可愛」，並覺得似乎有權可以善意地輕輕責備晚輩的想法。他的談吐舉止冷靜穩健又自信，像是一個充分知道自己已經是在社會站穩腳步的人，這種人有固定工作和收入，對凡事都有定見……從他鼻子肥大、曬黑的臉龐和肌肉發達的脖子看來，好像在說：「我衣食無缺、身體健康、心滿意足，你們年輕人將來也會有這一天，像

---

[1] 莎士比亞悲劇《奧賽羅》（Othello）的男主角。

我一樣衣食無缺、身體健康、心滿意足……」他穿著一件側開口立領的印花布襯衫和寬大的亞麻布褲子，褲腳塞進一雙大靴子裡。從一些小細節上，例如那條彩色的粗毛線腰帶、繡花紋的衣領、衣袖手肘上的補丁，我能夠猜得到他已經結婚，而且很可能老婆很愛他。

馮．史騰堡男爵，他的名字與父名是米哈伊爾．米哈伊羅維奇，交通高等學院的學生，很年輕，大約二十三、四歲。他有淺褐色的頭髮和稀疏的鬍子，還有或許是他臉形輪廓上的粗獷和冷峻，令人想到他出身自波羅的海那邊的貴族，而其他的一切——名字、信仰、思想、態度與表情，都是標準俄國式的。他穿著跟阿納尼耶夫一樣的印花布襯衫，只是衣下襬沒塞進褲腰，穿大靴子，有點駝背，很久沒剪頭髮，曬得黝黑，他不像是個大學生、男爵，而像是個普通的俄國手工匠學徒。他不太說話也不太動，酒喝得不乾不脆，沒什麼胃口，核算帳目數字的時候像機器一樣無意識，還有他好像總是在想什麼心事。他的談吐舉止也一樣冷靜穩健，可是他的冷靜完全是另外一種，跟工程師不一樣。他那張黝黑、略帶嘲笑、若有所思的臉，看人的眼睛有點蹙眉不信任的樣子，整個人上上下下表現出一種心靈上的空寂、腦袋慵懶……他看起來彷彿對一切都無所謂，無論他面前的燈是不是有點亮，酒好喝與否，他核算的數字是否正確……在他聰明冷靜的臉龐上，我讀出：「不管是固定工作、固定收入，或凡事都有定見也好，我至今還沒從這裡面看到什麼好處。這一切都是胡扯。我曾住在彼得堡，現在我在工寮裡，秋天我又要從這裡去彼得堡，然後春天再回到這裡……從這一切中能得出什麼道理或好處，我不知道，而且誰也不知道……所以，這根本沒什麼好說的……」

他沒興趣聽工程師的話，一副高傲的漠然，像是軍校高年級生聽著走來走去的好心老兵嘮叨一樣。似乎工程師所說的一切，對他而言太老套了，要不是他懶得說話，他應該會說點更新鮮更聰明的話。阿納尼耶夫同時間並沒有停下話來。他已不再用好聲好氣的玩笑語氣，轉而嚴肅地說，話語中甚至冒出了激憤之情，這模樣完全跟他那冷靜的表情不搭調。看來，他無法平心面對抽象的問題，他愛這類問題，可是又不太擅長也不太習慣去討論。這樣的生疏嚴重影響到他的語言表達，因此我沒能馬上理解他在說什麼。

「我一心痛恨這些想法！」他說。「我自己在年輕的時候就因為這些想法而變得病態，現在還無法完全擺脫它們，我告訴你們——要嘛就是我笨，我才無法領會這些想法的其中奧妙——結果除了罪惡，它們沒帶給我任何益處。實在夠清楚了吧！這些關於生活、世界的無意義與人生短暫，或者所羅門國王所謂的『虛空的虛空』[1]，從古至今在人類思想領域中一直是最高最終端的階段。思想家到達這個階段，然後就停擺了！再下去就無處可走得更遠。正常人的腦袋活動至此完全終結，這既自然又合乎事物的常規。我們這種人的不幸就在於，我們恰恰是從結束那端開始思考。正常人在哪結束的，我們就從那裡開始。我們的腦袋才稍稍開始獨立活動，第一步就要費勁直接爬上最高最終階段，也不想去了解那些較低的階段。」

「這有什麼不好的？」大學生問。

「您要了解啊，這是不正常的！」阿納尼耶夫大喊一聲，幾乎是忿忿地望著他。「如果我們不肯一步步從低階而上，一下就想找到攀上高階峰頂的方法，那麼整個長長的階梯，也就是說整個人生與其伴隨而來的色澤、聲音、思想，對我們來說就完全喪失了意義。在你們這個年紀，有這樣的想法只會造成災難和荒謬，如果您理性自主地一步步踏實過生活，您就可能了解的。假設，您在這當下坐著讀點達爾文或莎士比亞。您才剛讀完一頁，那毒藥似的想法就開始影響您：然後您的漫長人生，以及莎士

[1] 語出《舊約聖經．傳道書》第一章第二節：「虛空的虛空，凡事都是虛空。」（和合本）。

比亞和達爾文，在您眼前都變成胡扯和荒謬，因為您知道自己最終會死去，莎士比亞和達爾文也早死了，他們的思想並沒有拯救他們自己，也沒有拯救他們的世界，更不用說來拯救您了，照這麼說來，生活既然終究會喪失意義，那麼所有那些知識、詩歌、崇高的思想，都只是給成年大孩子的無益消遣、空虛的玩具而已。因此您讀到第二頁就不會想再讀下去了。又假設，現在有人來找您，就像來請教智者一樣問您意見，例如，哪怕是問到戰爭：戰爭是否必要，是否道德？您對這個可怕問題的回答也只是聳聳肩膀，還是侷限在那幾句話，因為對您而言，在您的思考態度下，一定是怎樣都無所謂，不管是幾十萬人被迫死去或自然死去：任何一種情況的結果都一樣——全部終究會成為灰燼且被人遺忘。我和您正在修建鐵路，那麼要請問，如果我們知道這條鐵路在兩千年後將化作塵土，我們為何要絞盡腦汁發明，屏除陋規，可憐那些工人，或者關心有沒有人貪汙呢？諸如此類等等的……您得同意，在這種負面思考方式下，不會有科學、藝術上的進步可言，連思想本身也不會有絲毫進展。我們以為自己比大眾或莎士比亞要聰明，事實上我們的思考活動不會有任何結果，因為我們不想要朝下方去，而朝上卻無處可去，於是我們的腦袋便這樣凍僵在冰點上——毫無進展……我以前被這樣的想法壓抑了將近六年，我可以向你們對天發誓，在那整段期間我沒有讀任何一本對我有幫助的書，一點都沒有變得更聰明，也絲毫沒有豐富我的道德信念。難道這不是不幸？還有，我們荼毒自己也就罷了，可是我們還把毒藥帶給我們周遭的人。我們要是能夠帶著自己的悲觀主義脫離現實生活就好了，搬到洞穴裡面去隱居或者趕快死掉也就算了，不然的話我們還是得循著普世規則生活，去談感情，愛女人，養孩子，修鐵路！」

「有我們這種想法的人，看待任何事情都是不冷不熱……」大學生勉強搭話。

「不，您這已經太過——啊，拋開這種想法吧！您還沒經歷過該有的人生，看看等您到我這把年紀的時候，老兄，您就會知道厲害了！我們這種想法沒有如您所想的那麼無害。在現實生活與人際交往裡，這種想法只會帶來可怕愚蠢的後果。我就親身經歷過這樣的狀況，連那種最壞的韃靼人[1]我都不願讓他們過這種生活呀。」

「例如？」我問。

「例如？」工程師重複這個問題，他想了想，微笑一下後說：「例如，哪怕拿這件事來說吧。事實上，這不單是個事件，還是一長篇愛情小說，有開端有結局。這是

[1] 韃靼人，指蒙古統治俄國時期帶來的多支草原民族，俄國習慣以韃靼人概括簡稱。

再好不過的教訓了！啊，真讓我領教了！」

他給大家和自己倒酒，喝乾後用手撫一撫自己寬闊的胸膛，接下來他的故事更多時候是對著我說，而不是大學生了，他繼續說：

「這發生在一八七〇年代的某個夏天，戰後沒多久，我剛從學校畢業。我前往高加索地區，沿途在某濱海城市停留了五天。這個讓我覺得極舒適溫暖又美麗的城市，在首都人的眼裡卻是那麼無趣又糟糕，簡直像是楚赫洛姆或卡什拉[2]之類的古舊小城一樣，必須告訴你們，我是在這個城市出生長大的，所以就沒什麼好奇怪的了。我懷著感傷走過我曾經讀過的中學，漫步在我非常熟悉的市區花園，並感傷地想要就近去看看這裡的人，看那些很久沒見但還銘記在心的人……面對這一切都帶著無限感傷……

「然後有一晚，我去到一個所謂的『隔欄地』[3]。這是一個範圍不大枝葉稀疏的小樹林，在以前某個被淡忘的瘟疫時期確實曾當作隔離檢疫之地，現在則開發成了別墅區。那裡要從市區搭車走平坦的路，走上四里才到。沿途左邊是蔚藍的海水，右邊是

[2] 楚赫洛瑪（Chukhloma）位於科斯特羅瑪省，卡什拉（Kashira）位於莫斯科省，都是俄國的古老小城。

[3] 隔欄地（Karantin），音譯地名，原意為隔離檢疫區。

無盡的鬱鬱草原；呼吸舒暢，眼界爽闊。小樹林本身坐落在海邊。打發馬車走之後，我走進熟悉的大門，第一件事便朝著小徑去到一座不大的石亭子，那是我小時候喜愛的地方。這座由拙劣圓柱撐起的圓形亭子，狀似笨重，結合了古老墓碑的抒情調調與索巴凱維奇[1]的那種粗獷，我認為這裡是整個城市最詩意的角落。亭子立於岸邊最陡峭之處，從那裡可以望見絕美無比的海景。

「我坐在石凳上，彎身越過欄杆看著下方。有一條小徑從亭子沿著陡峭到近乎垂直的海岸而下，穿過黏土大石塊和一些鉤刺頭狀花序植物；在小徑終點的那裡，下面遠處的沙岸旁，一陣陣微弱海浪慵懶地拍起泡沫，溫柔地打著呼嚕。海水依舊是那麼雄偉無邊、難以親近，跟七年前我從中學畢業離鄉到首都時一模一樣；遠方有一縷暗沉沉的煙霧——是輪船在行駛，除了這縷稍微看得到的靜止煙痕，以及水面上閃動的海鷗，此外就是一片單調的海景和天空了。亭子的左右兩邊都是凹凸不平的黏土地質海岸向外延伸而去……

[1] 索巴凱維奇（Sobakevich），俄文字面原意為「狗兒子」，此名出自果戈里《死魂靈》中的一個地主，他的形象是粗野的，有熊一般的身材。

「您可知道，當一個心情憂鬱的人單獨面對海的時候，或者面對這整片對他來說是壯麗景致也好，那麼在他的憂鬱中總會莫名摻和著一種篤定，讓他以為會在沒沒無聞中度過這一生便死去，於是便會不自主拿起鉛筆趕緊在眼前所及之處寫下自己的名字。這大概就是所有類似這種亭子的孤僻角落，總是會有鉛筆塗鴉和小刀刻字的原因。我現在還記得，那時候我看著欄杆上的留言讀出聲來：『伊凡．科羅里科夫到此一遊留念，一八七六年五月十六日』。而隔壁的簽名顯然是當地某個愛幻想的人，還留了一句詩：『在浪波荒寥的岸邊，他站著滿懷崇高的思想』[2]。這人的筆跡看得出他耽溺幻想，頹廢得像溼了的綢緞。另外還有一個叫克羅斯，真是好一個克羅斯，大概是極度卑微渺小的人，才這麼強烈地感受到自己的無用，他很堅決地用小刀刻下自己的名字，刻得深深好幾寸的字母。我也自動從口袋裡拿出鉛筆，在一根圓柱上簽了名。對了，這些都跟我要說的故事無關啦……抱歉，我不善於長話短說。

「我發著愁，也感到有些無聊。無聊、寂靜和海浪的呼嚕聲，慢慢將我帶到我們剛剛所討論的思想裡去。當時是七〇年代末，那種思想才剛在大眾之間流行起來，到

[2] 語出普希金的《青銅騎士》第一句詩。

了八〇年代初期，漸漸從大眾轉到文學、科學和政治領域上。我那時不到二十六歲，但我已經清楚知道生活是漫無目的也毫無意義的，知道一切都是謊言和虛幻，知道庫頁島的苦刑生活和尼斯的蔚藍海岸生活就本質和結果而言毫無差別，知道康德與蒼蠅的腦子也沒有重大的差別，知道這世界上沒有人絕對是對或錯，知道一切都是胡說八道和廢話，就讓這一切都見鬼去吧！我活著，而且彷彿用這種想法來支持迫使我活下去的神祕力量，還說：神祕的力量呀，你看，我對生活一點都不在乎，也活得下去！我以這種特定邏輯的思維去想事情，但可以擴及到各種可能的層面，就這點看，我像是那種心思細密的美食愛好者，給我一顆馬鈴薯我就能做出上百種美味的料理。無可置疑，我是有偏見的，在某種程度上甚至很狹隘，但我那時候覺得，我的思維方式既無開端也無結束，因此不就跟大海一樣遼闊無邊嘛。唉，就我能批評自己的程度來看，這樣的思想本身有某種吸入會導致麻痺的東西，像菸草或嗎啡，它成了習慣和需要。無論孤單或舒適時候的每分每秒，我都不停歇地以這種生活本無益和死後徒黯然的思維方式來滿足自己意識形態的淫慾。我坐在亭子裡的時候，在林蔭道上有一群高鼻子的希臘小孩子有秩序地散步過去。我抓住這個好時機，瞧他們一眼後便開始以這種方式思索：『請問，這些小孩幹嘛要出生，幹嘛要活著？他們的存在是否有任何一絲絲意義？他們自己也不知道為了什麼長大，沒有任何必要地活在這個偏遠之地，然後死去……』

「隨後我甚至開始對這些小孩感到懊惱，因為他們有秩序地走著，內容豐富地談論著一些事，彷彿實際上他們對自己渺小平淡的生活並不覺得低賤，也好像知道自己是為了什麼而活……我記得那時在林蔭道遠處盡頭出現了三個女人的身影。真是不賴的小姐——一個穿著粉紅色連衣裙，另外兩個穿白色的——她們手牽手並排走過來，邊聊邊笑。我的眼睛盯著她們，心裡盤算：『趁這兩天無聊的時候要是能泡上個女人多好！』

「同時回想起，我跟彼得堡的女朋友最後一次見面已經是三個禮拜前的事了，想到現在來個一夜情對我來說真是恰恰好。中間那位穿白衣服的小姐好像比同伴更年輕美麗些，從她的舉止和笑容看來，應該是中學高年級的學生。我看著她的胸部心裡不無邪念，這時候我想著她的未來：『她現在學習音樂與儀態，將會嫁給一個什麼人呢，老天原諒，恐怕只會嫁給一個希臘佬吧，她將過著灰暗愚蠢的生活，過著毫無意義的生活，她自己也不知道為什麼她將會生出一大堆小孩，然後死去。荒謬的生活啊！』

「總之，必須要說，我根本是個玩弄技巧的匠師，擅長把自己的崇高思想和最卑劣的庸俗完美結合。死後徒黯然的想法並不妨礙我對女人的胸部和美腿付出該有的重視。我們這位可愛的貴族少爺一樣有著崇高無比的思想，但也一點都不妨礙他每個禮拜六去伍科洛夫卡找女人，在那裡尋歡作樂。坦白說，就我記憶所及，我對女人的態度是極度侮辱人的。就拿眼前的來說，想到那位女中學生我就會為那時候的念頭臉紅，而那時我的良心卻是完全平靜的。我是出身好人家的小孩，信仰基督，拿到高等教育學歷，天性不壞也不笨，可是當我像德國人所說的賞點『皮肉錢』[1]給女人，或者當我用侮辱的眼光盯著女中學生，都不會覺得有絲毫的不安……問題出在，青春自有一套權利，不管是好是壞，我們基本上不會反對這樣的權利。誰要是知道了生活本無益、死亡不可免，那麼面對與自然環境的爭鬥，面對分辨罪惡，就會非常平靜：無論爭或不爭——一切都無所謂，因為人難免一死，肉體難逃腐爛……再者，各位先生們，我們這種思想甚至在非常年輕的人身上引發了所謂的理性。理性優勢地控制了我們身上的感性。直接的感覺、靈感——這一切都被膚淺的理性分析所掩蓋了。理性所在之處便有冷漠，而冷漠的人，犯錯也沒什麼好隱瞞的，他們不知道純潔為何物，這樣的美

[1] 原文用德文「Blutgeld」（原意為血汗錢），下文亦是。

德只有親切熱心又能愛人的人才會知悉。還有，我們的思想否定生活的意義，更否定每一個獨立生命體的意義。因此很清楚了，要是我否定比如像是**娜塔莉雅・斯捷潘諾夫娜**這個人的話，那麼對我來說，她是否有被侮辱就完全無所謂。如果今天我羞辱她的人格，就賞點『皮肉錢』給她了事，那明天我就不會再記得她了。

「就這樣，我坐在亭子裡觀察那些小姐。此時，在林蔭道上又出現另一位女人的身影，她那淺色的頭髮上沒有帽子遮蓋，只在肩膀上披著白色針織圍巾。她在林蔭道上散步一下子，然後走進亭子，抓著欄杆心不在焉地望一望下方和遠方海面。她走進來完全沒有朝我看，彷彿沒注意到。我從她的腳瞧到頭（可不是像看男人一樣從頭瞧到腳），發現她很年輕，不超過二十五歲，外表甜美，體態姣好，極可能已經不是個閨女小姐，而是那種出嫁了的良家婦女。她穿著居家服裝，但有時髦的品味，一如這個城市裡有教養的女士們的穿著。

「『要是能泡上這位才好……』我望著她美麗的腰身和手臂，心裡起了這個念頭。『還不錯……她應該是本地某個土醫生或中學老師的太太……』

「然而要與她交往，也就是說，要把她當作那種投遊客所好的逢場做戲的女主角來弄到手，並不容易，也不太可能。我端詳著她的臉龐，心裡有這樣的感覺。她的眼神和表情都彷彿深似大海的樣子，遠方的煙塵和天空早就令她厭倦，使她的目光疲憊不已；她顯得疲累、無聊，想著一些不愉快的心事，還有，當她感覺到自己身旁出現一位陌生男子的時候，神態依然故我，不像一般女人臉上幾乎都會有那種勉強做出慌忙的漠然表情。

「這個金髮女人轉瞬間狀似無趣地瞧我一眼，到石凳上坐著並陷入沉思，我從她的眼光看出，她對我沒興趣，我這種一副首都面孔的人激不起她的一絲絲好奇。但我終究決定要去跟她搭訕，便問她：

「『女士，容我請教，從這裡到市區的大客車幾點發車？』

「『好像是十點還是十一點……』

「我道謝。她看了我一兩眼，在她的冷漠面容上突然閃過一點好奇，隨後出現略帶驚訝的表情……我趕緊裝出一副無所謂，擺出該有的表情姿態：她快上鉤吧！她呢，彷彿有什麼東西螫痛她，忽然從石凳上站起來，溫婉地微笑一下，急忙地打量我整個人，羞怯地問：

「『請聽我說，您不會是阿納尼耶夫吧？』

「『是，我是阿納尼耶夫……』我回答。

「『那您不認得我了嗎?不認得了嗎?』

「我有點尷尬,仔細看看她,你們可以想像一下,我認出她不是從她的臉蛋,也不是身材,而是從她那帶有倦容的溫婉微笑中認出來。這位就是娜塔莉雅.斯捷潘諾夫娜,或者我們以前都叫她小貓咪,就是七、八年前我還穿著中學制服時,曾經瘋狂愛戀的那個女孩。這是陳年往事,埋在心底深處的老故事了……我記得,這個小貓咪是一位身材瘦小的十五、六歲中學生,那時候她麗質天生,一副柏拉圖式愛情對象的模樣,很合中學男生的品味。真是美極了的女孩子!蒼白、脆弱、輕盈——好像對她吹一口氣她就會像羽毛似的飛走,飄在天空裡——小臉蛋一副不解世事的樣子,小手玲瓏,柔軟的長髮綿綿及腰,腰身如黃蜂般纖細,總之,她身上有某種輕盈剔透好似月光般的特質,簡單一句話,從中學生的眼光來看,她的美無法以筆墨形容……我愛上了她——愛死了!我夜晚無法入睡,寫著詩……有時候,她晚上會坐在市區花園的石凳上,我們這些中學男生在她附近聚了一堆,虔誠地欣賞著她……對我們的所有讚美、裝模作樣、嘆息,她的回應僅僅只有緊張地因夜露滲冷而瑟縮起來,還有皺著眉頭溫婉地微笑,就是這個時候她像極了一隻小巧漂亮的小貓咪;我們在一旁看著她的時候,同伴之中總有人想要去親親她愛撫她,像對待一隻小貓咪那樣——她的綽號就是這麼來的。

「這七、八年我們都沒見面，小貓咪變化太大了。她變得結實一些，豐腴了些，完全不像是原來那隻柔軟蓬鬆的小貓咪模樣。她的外貌不是說年老色衰了，而是彷彿變得黯淡無光，變得嚴峻了，頭髮短了，個子高了，肩膀幾乎寬了一倍，最主要是，她臉蛋上已經出現了母性和順從的表情，那是上了年紀的良家婦女才會有的，我從前絕對沒有在她臉上看過這樣的表情……簡單說，只有一個東西從以前中學和柏拉圖式愛情的那個時期保全至今，就是她那溫婉的微笑，別無其他了……

「我們聊了一陣子。小貓咪得知我已經當了工程師，她高興得不得了。

「『這真是太好了！』她說，高興地望著我的眼睛。『啊，太好了！你們全都太棒了！你們那屆畢業生沒有一個是不成功的，都出人頭地了。一個是工程師，再一個是醫生，另一個是老師，還有一個聽說目前在彼得堡是名歌手……你們全都太棒了！啊，這真是太好了！』

「在小貓咪的眼裡閃耀著由衷的快樂與關懷。她像個姊姊或當年的女老師一樣欣賞著我。我看著她可愛的臉龐，心裡念著：『要是今天能夠泡上她就好了！』

「『您記不記得，娜塔莉雅．斯捷潘諾夫娜，』我問，『有一次在花園裡我送您一束花附了小字條？您讀了字條後，卻是一臉莫名的困惑……』

「『不，這事我不記得，』她笑一下說。『我倒是記得另一件事，您為了我想找弗羅倫斯決鬥……』

「『唉，這個我……您能想像嗎，反而不記得了……』

「『是啊，這些都過去了……』小貓咪嘆一口氣。『我曾經在你們心目中備受崇拜，而現在輪到我要從下方仰望你們這些人了……』

「接下來的對話中，我知道小貓咪在中學畢業後兩年嫁給了一個當地居民，是個希臘裔俄國人，不是在銀行就是在保險公司工作，同時還經營小麥買賣。他的姓氏有點古怪，好像類似叫波普拉奇或斯卡蘭多普洛之類的……鬼才知道，我忘了……總之小貓咪關於自己講得很少，也不太想講。談話中多半只顧談我。她問了我許多問題，關於高等學院、我的同學、彼得堡和我的計畫等等，我所說的每句話她都感到雀躍高興，並讚嘆：『啊，這真是太好了！』

「我們走下去到海邊，在沙灘上散步，之後當海面散發著日暮後的溼氣，我們就往上走回來。聊天中總是談著我，談著過往。我們走著走著直到一棟棟別墅的窗戶上晚霞的倒影漸漸黯淡。

「『到我那裡喝點茶吧，』小貓咪向我提議。『茶炊應該早就在桌上了……只有我一個人在家，』她說，這時我們穿越一片金合歡樹蔭看到了她的別墅。『我先生總是待在城裡，只在夜裡回來，而且不是每天回來，坦白說，我在這無聊得簡直要死了。』

「我跟在她後面，欣賞著她的背後和肩膀。我很高興她結婚了，對這種一夜情來說，結了婚的女人比起未婚小姐更適合。她的先生不在家，也讓我暗自高興……然而與此同時我卻還有一種感覺：這次不會成的……

「我們走進屋子裡。小貓咪的房間不大，天花板低矮，家具是別墅式的（俄國人就愛在別墅裡擺一些不舒適、沉重又黯淡的家具，就是那種棄之可惜又無處可擺的），可是在一些細節上倒可以看得出來小貓咪夫妻倆過得還不差，一年大概要花費五、六千盧布才過得起這樣的生活。我記得在房與房之間，小貓咪稱作飯廳的那間，擺的那一張圓桌莫名其妙有六隻桌腳，桌上有一個茶炊和一組茶杯，桌邊放著一本攤開的書、鉛筆和筆記本。我瞧一眼那本小書，發現那是我們小時候唸過的瑪利寧和布雷寧合著的算術習題庫。書本攤開那頁，就我記憶所及，是『按比例分配』。

「『您跟誰在做這習題？』我問小貓咪。

「『沒跟誰……』她回答。『這是我太……無聊又無事可做，我回想起舊日時光，就做做以前的作業。』

「『您有小孩嗎?』

「『曾經有過一個小男孩，但只活了一個禮拜就死了。』

「我們開始喝茶。小貓咪欣賞著我，一再說我是工程師有多麼好，還有她為我的成就高興。她說得越多就微笑得越真誠，讓我變得更加確信：這次我恐怕搞不定她，要空手而歸囉。那時候的我在偷情的領域上已經稱得上專家，我能夠精準估量出自己成功或失敗的機率。要是您是去獵豔找個頭腦簡單的女人，或這種跟您一樣想冒險和追求新鮮感的人，或那種您不熟悉的手腕高明的女人，您都能估算出會成功。但如果您遇到的女人不傻、認真，臉蛋顯出溫順的倦容和關懷，她對您的出現感到由衷高興，最主要還是她尊重您，這樣的話您可能就要空手而歸了。這種情況下如果想要成功，必須花更長的時間，要一天以上。

「在夜光下的小貓咪好像比在白天更有味道了。我越來越喜歡她，看起來她也對我有好感。就是這樣的氣氛最適合偷情：先生不在家，僕人也不見，周遭靜悄悄……儘管我覺得成功的機會小，但我還是決定無論如何都要發動攻勢。首先必須要改用親暱的語氣說話，這樣子小貓咪她那多愁善感又認真的情緒才會放輕鬆一點……

「『娜塔莉雅．斯捷潘諾夫娜，我們換個話題聊吧，』我先說。『說點什麼歡樂的事情吧……首先請允許我用舊日回憶來稱呼您小貓咪吧。』

「她同意了。

「『請告訴我，小貓咪，』我接著說，『這裡的女人是怎麼搞的？她們是怎麼了？以前她們都這麼有道德、品行高尚，而現在，得了吧，不論你問誰，大家都說一些只讓人覺得可怕的事……一位小姐跟軍官跑了，另一位誘惑了自己的男學生一起跑了，再一位是結了婚的小姐出軌跟一位演員跑了，還有一位也是出軌跟軍官跑了，諸如此類等等的……整個像一片傳染病啊！這樣下去，很快在您的城市裡可能連一個小姐、一個少婦都不剩了！』

「我用一種庸俗、調戲的語氣跟她說。假如小貓咪用笑來回應我，那麼我就會繼續用這個調調說：『啊，小貓咪，您要當心點，別讓哪個軍官或演員把您給拐跑囉！』然後她可能會放低目光說：『誰想要拐我這種人呢？比我更年輕漂亮的多得是……』那我就會跟她說：『別說了，小貓咪，要是我就樂得第一個把您給拐走呀！』如果雙方用這種調調接著說下去，最後我的計畫就會大功告成。然而，小貓咪回應我的不是笑容，相反地，她反而一臉嚴肅嘆了口氣。

「『傳言說的這一切，是真的……』她說。『丟下丈夫跟演員跑了的那位是我表妹索妮雅，當然，這是不好的……每個人都應該忍受命運的安排，可是我不會批評他們，也不會怪罪……有時候環境的形勢比人強啊！』

「『話雖如此，小貓咪，但是什麼樣的環境能夠蔓延出這一整片傳染病呢？』

「『這很簡單明瞭……』小貓咪揚起眉頭說。『在我們這裡的知識階級女孩和婦女根本走投無路。像要去上大學或進師範學院，完全像男人那樣依照理想和目標去過生活，並不是所有人可以辦得到的。必須得嫁人求個依靠……而要叫她們嫁給誰呢？像你們這些小男孩，讀完中學就離鄉去上大學，然後在首都結了婚，這樣就可以永遠不用返回故鄉了，但我們這些女孩子卻一直都留在這裡！……到底要叫她們嫁給誰？唉，因為有見識的規矩人家少之又少，天曉得要嫁給誰，嫁給仲介生意人或者希臘佬嘛，他們只會喝酒在酒吧裡鬧事……女孩子就這麼白白浪費了嫁出去……之後會有什麼樣的生活？您自己也了解，有教養有知識的女人怎麼跟一個愚蠢的莽夫共同生活；要是她一旦遇上哪個有見識的男人，不管是軍官、演員或醫生，就愛上了，原先的生活便讓她感到無法忍受，於是她丟下丈夫跑掉。這不能去批評她們的！』

「『如果這樣，小貓咪，那麼為什麼要嫁人呢？』我問。

「『當然，』小貓咪嘆一口氣，『要知道每個女孩子都覺得，不管是什麼樣的丈夫，最好能有也好過沒有……總之，尼古拉．阿納斯塔謝維奇，這裡生活不好，非常不好！以前還是女孩的時候悶，結了婚之後也悶……大家因為索妮雅跟人跑了嘲笑她，而且是跟一個演員跑了，如果大家能看一看她的內心苦處，那就不會笑她了……』」

門外的阿索爾卡又開始吠叫。牠似乎對著誰凶惡地吠叫一聲，然後哀愁地長嚎起來，全身猛撞工寮的牆壁……阿納尼耶夫憐憫得皺起眉頭；他中斷了自己的故事走出去。沒兩分鐘便聽到他安撫著門外的狗：「好狗狗！可憐的狗啊！」

「我們的尼古拉．阿納斯塔謝奇真愛講話，」馮．史騰堡笑著說。「好人一個！」他沉默一下後補了一句。

工程師回到工寮後給大家倒酒，他笑著撫一撫自己的胸膛，便繼續說：

「就這樣，我的攻勢沒成功。無計可施，我把汙穢的念頭留到以後等待良機，我坦然面對自己的失敗，就像所謂的——揮一揮手，算了吧。更何況，在小貓咪的說話聲、夜晚氣氛和寂寥的影響下，我自己也漸漸墜入了多愁善感的靜謐情緒中。我記得我坐在完全敞開的窗戶旁的扶手椅上，望著樹林和漸暗的天空。金合歡與椴樹的暗影輪廓依舊如八年前那般模樣，還有，像在童年那個時候，遠方某處也傳來糟糕的鋼琴聲叮噹作響，以及在林蔭道上來來去去漫步的人群一樣是那副神態，只不過人已經不是同樣的人了。在林蔭道上漫步的人不再是我，也不是我的同學，更不是我心儀的對象，而是另一批陌生的中學生和小姐。我變得憂愁起來。當我打聽幾位從前熟識的人至今如何，小貓咪一連回答了我五次：死了。我的憂愁變成一種感受，就是你會在追悼會上追念一個好人的那種感受。我坐在那邊的窗戶旁，望著散步的人群，聽著叮叮噹噹的鋼琴聲，這輩子頭一次親眼看到，新一代人是多麼貪婪地趕忙更替上一代人，在人生之中甚至連這些糊裡糊塗的七、八年時光，都有著要命的意義！

「小貓咪把一瓶聖托里尼葡萄酒[1]放在桌上。我乾了一杯，變得十分激動，開始對一些事情大發議論。小貓咪聆聽著，繼續欣賞我和我的聰明才智。而時間流逝，天空已經暗得讓金合歡與椴樹的輪廓融為一體，漫步在林蔭道上的人群也已散去，鋼琴聲平息，只聽得到海水的平緩喧囂。

「年輕人都是一個樣。您對年輕人親切一點、疼惜一點看看，請他喝酒，讓他了

[1]　產於希臘的聖托里尼島。據契訶夫的親戚多爾仁科（A. Dolzhenko）的說法，契訶夫本人就喜歡喝這種葡萄酒。

解他是您感興趣的人，那麼他就會占個大位子隨隨便便起來，忘記他是時候該要離開了，還一直講一直講，講個不停……主人都睏得睜不開眼睛，已經該是睡覺的時候了，而他卻仍坐著自顧說話。我那時候也是如此。我不經意看了一下手錶：怎麼已經十點半啦。我於是起身道別。

「『喝一杯再上路吧，』小貓咪說。

「我乾掉一杯，卻又開始叨叨絮絮，忘記自己該要走了，又坐了下來。然而不久後傳來男人的聲音，以及腳步聲和靴刺的叮噹響。有人從窗外走過，停在門口。

「『好像我丈夫回來了……』小貓咪聽著那些聲音說。

「門啪啪地響，說話聲傳到了前廳，我看見兩個人走過餐廳門：一位是又胖又壯的黑髮男子，鷹鉤鼻，戴草帽，另一位是穿著白制服的年輕軍官。兩人過門而去，漠然地對我與小貓咪瞄一眼，我覺得這兩個人都喝醉了。

「『就是說，她在欺騙你，而你卻相信了！』沒多久傳來宏亮但鼻音很濃的說話聲。『首先，這不是在大間的酒吧，只是小間的。』

「『尤彼特，你生什麼氣，也可能你不對……』另一人邊笑邊咳嗽著說，顯然是軍官的聲音。『聽著，我可以待在你這裡過夜嗎？你老實說：我不會讓你不方便吧？』

「『這是什麼話？不但可以，本來就應該這樣。你想喝點什麼，啤酒還是葡萄酒？』

「他們兩人在與我們相隔兩間房的那頭坐下來，大聲說話，顯然他們對小貓咪和她的客人都不在乎。而小貓咪打從她丈夫回來之後，發生了顯著的變化。她開始臉紅起來，之後她的臉上出現膽怯、犯錯的表情；某種不安氣氛籠罩著她，讓我覺得她是羞於把丈夫介紹給我，想要我離開。

「我起身道別。小貓咪送我到門口台階。當她握著我的手道別時，我忘不了她那溫婉而憂傷的微笑，以及那雙甜美溫順的眼眸，她說：

「『大概我們以後永遠不會再見面了……那麼，但願上帝保佑您一切都好。謝謝您！』

「沒有一點感嘆，也沒有一點場面話。她手中拿著一枝蠟燭向我道別，光點飛舞在她的臉龐和頸子上，彷彿在追趕她那憂傷的微笑；我心裡想像著從前的小貓咪，那位曾經像是真的小貓咪一樣任誰都想要輕撫一下，而此時我凝視面前的她，莫名想起了她說過的話：『每個人都應該忍受命運的安排』──這讓我心底真不好受。我的直覺告訴我，我的良心也對我這個幸福卻漠然的人低語：在我面前站著一位美好的女人，對我滿心關懷和愛意，而她自己卻受盡折磨……

「我點頭致意後走向大門。天色已暗。南方七月的夜晚來得早，天空暗得快。不到十點就已經暗得一片漆黑。我幾乎是摸黑走到大門，這幾步路還點了大概二十枝火柴。

「『馬車！』我走出大門叫喊，但完全沒回應，無聲無息……『馬車！』我重複。『喂，大客車！』

「然而，既沒有馬車也沒有大客車。一片死寂。我只聽到困倦的海水喧囂聲，還有因為喝了葡萄酒我心跳的咚咚聲。我抬頭望著天空——那裡沒有半點星子，暗沉陰鬱，顯然天空被雲給遮蓋住。我莫名地聳聳肩，傻笑著再一次叫喊馬車，但聲音已經沒那麼篤定了。

「『車——車！』回音這麼應著。

「步行走過了田野約四里路，依舊在漆黑中——前景堪慮。正在決定是否要繼續往前走，我考慮許久，還試著叫喊馬車，最後我又聳聳肩，懶洋洋地回到樹林那裡，不知道該往哪裡去。樹林裡面暗得更是可怕。在樹林之間某處有別墅的窗戶發著朦朧紅光。我用了一些火柴一路照著去亭子，被我腳步聲驚醒的一隻烏鴉給火柴亮光嚇了一跳，從這棵樹飛到那棵樹去，弄得樹葉沙沙響。我既懊惱又羞愧，烏鴉彷彿了解這點，嘲弄我叫著：嘎啦！我懊惱自己被迫得步行，我羞愧自己在小貓咪那裡像個小孩子似的講太多話，弄到這個地步。

「我終於走回亭子，摸到石凳坐了下來。下面遠方濃稠漆黑之外的海水，靜靜地發怒低吟著。我記得自己好像是瞎子一樣，看不到海，看不到天空，甚至看不到自己所處的那座亭子，在我眼前展現的這整個世界，僅僅由遊蕩在我酒醉腦袋裡的思想，以及下方某處單調喧囂的不可見之力所組成。之後我打起了瞌睡，我昏沉中以為喧囂的不是海水，而是我的思緒，全世界彷彿只是由我一個人組成的。然後，我如此這般專注在我心中的全世界，忘記了馬車、城市、小貓咪，耽溺於一種我很愛的感受。這是一種可怕的孤獨感，這時候您似乎以為，在暗黑無形的整個宇宙中只有您一個人存在。這感受高傲又險惡，只有俄國人才懂得，他們的思想和感受像他們的平原、森林和雪地一樣那麼遼闊無邊又嚴峻。假如我是畫家，那麼我會立刻描繪出這樣一個俄國人盤起腳坐著不動、雙手抱頭、陷入這種感受時的臉上表情……與這種感受並生的想法是——生活本無益和死後徒黯然……儘管這些想法一文不值，但臉上的表情應該是絕美的……

「我還坐著打瞌睡的時候感到溫暖而平靜，並沒想要站起身——突然間，在平穩得一成不變的海水喧囂之間，好像在這背景音樂之上，開始浮現一些聲音，引開了我的注意力，使我不再只關心自己……有誰匆匆地走在林蔭道上。這個人走近亭子，停下腳步，像個小女孩似的嗚咽一下，然後用一種小女孩的哭腔問：

「『我的老天啊，這一切到底什麼時候才會結束？主啊！』

「根據音調和哭聲判斷，這女孩大概十歲十二歲左右。她猶豫地走進亭子，坐下，開始大聲祈禱，又像是在抱怨……

「『主啊！』她拖長聲音說著哭著。『因為這已經讓我無法忍受了！沒有任何耐性可以承受這些事了！我忍耐，沉默，可是請了解，我想要生活啊……啊，我的老天，我的老天！』

「她完全就這一個樣說不停……我想要看一看這個女孩子，跟她說說話。為了不嚇到她，我便大聲嘆一口氣，咳嗽一下，然後小心翼翼地劃一根火柴……黑暗中亮光一閃，照出了那個哭泣的人。這是小貓咪啊……

「真是太莫名其妙了！」馮．史騰堡呼一口氣。「黑色的夜、喧囂的海、受苦的**她**，還加上**他**懷著宇宙般孤獨的感受……鬼才知道這是什麼東西！只差沒有帶著匕首的切爾克斯人[1]。」

「我跟你們說的不是胡亂編的，是曾經發生過的真人真事。」

「好，就算是吧……這一點意思都沒有，也早就已經聽過了……」

「別這麼看不起這事，讓我講完！」阿納尼耶夫懊惱地揮一揮手說。「請別礙事！我不是跟您說故事，是跟醫生……那麼，」他轉向我繼續說，斜眼看看彎身忙著算帳的大學生，大學生似乎很得意揶揄了工程師一下。「那麼，小貓咪看到我，既不驚訝也沒嚇一跳，好像早就知道會在亭子裡遇到我。她呼吸斷斷續續，全身顫抖得好像打擺子一樣，我點燃一枝枝火柴，盡可能地仔細看看她那張被淚水浸溼的臉，已經不像之前那種聰明溫順並帶著倦容的，而是某種不一樣的、至今我怎麼樣都無法理解的臉。那張臉沒有表現出痛苦、不安、哀傷，一點都不符合她的話語和眼淚所表現出的那種……我承認，大概因為我不了解，那張臉對我來說好像是無意義的、酒醉似的。

「『我再也不能……』小貓咪用哭泣小女孩的聲音嘟囔著。『我沒力氣了，尼古拉．阿納斯塔謝奇，原諒我，尼古拉．阿納斯塔謝奇……我不能夠這樣生活下去……我要

[1] 切爾克斯人，高加索地區的山民。

去城裡找我母親……您帶我去……看在上帝的份上，帶我去吧！』

「在哭泣的人面前，我不知道該說什麼話，也難以保持沉默。我驚慌失措，喃喃地胡言亂語安慰著她。

「『不，不，我要去找母親！』小貓咪堅定地說，站起來不安地拉扯我的手（她的手和袖子都被淚水沾溼了）。『原諒我，尼古拉．阿納斯塔謝奇，我要去……我再也受不了……』

「『小貓咪，可是現在一輛馬車都沒有啊！』我說。『您要坐什麼車去？』

「『沒關係，我走路去……那裡不遠。我再也受不了……』

「我尷尬著，但同情不起來。在我看來，不管是小貓咪的眼淚、顫抖，還是麻木的表情中，都感覺到一種不太認真的法國式或小俄羅斯式[1]的濫情音樂劇元素，為了一點點空泛廉價的哀傷就可以流出一大桶的眼淚來。我不了解她，我知道我不了解的話就最好應該保持沉默，可是不知道為什麼，大概是怕我的沉默被理解成是一種愚蠢，我認為必須要說服她別回娘家，該要待在家裡才對。哭泣的人往往不愛別人看到他們

[1] 小俄羅斯即現今的烏克蘭。

的眼淚，而我卻把火柴一枝枝地點到盒子都空了。到現在我還是怎麼也搞不懂，那時候我為什麼這麼不體貼用火光去照她。冷漠的人總是常笨手笨腳，甚至愚蠢。

「最後小貓咪挽著我的手，我們就一起去了。走出大門後，我們向右轉慢慢走在鬆軟的土地上。周遭一片黑暗，當我的眼睛漸漸適應黑暗，我開始分辨出一些老瘦的橡樹和椴樹的輪廓，它們沿著路兩旁生長著。沒多久，右方朦朧地現出一片不平緩又陡峭的海岸的黑暗地帶，其中某處被一些不大的深邃峽谷及溝坑所橫斷。峽谷附近一叢叢不高的灌木坐落其間，像極了一群群坐著的人們。這裡變得可怕了。我多疑地斜眼瞄向海岸，海水的喧囂和田野的闃靜令人不快地驚擾我的想像。小貓咪沉默不語。她還在顫抖，才沒走半里路，她就走累了，氣喘吁吁。我也沉默。

「離『隔欄地』一里處，矗立一棟廢棄的四層樓建築，樓頂有一根高聳的煙囪，裡面曾經有一座蒸汽式製麵磨坊。這棟建築孤零零地坐落海邊，白天可以從海上或田野上遠遠望見。由於已經廢棄沒住人，路過者的腳步聲和說話聲會在裡面產生回音，清晰重複著，因而讓這棟建築顯得很神祕。這下請您想想看，我在這種暗夜裡手牽著一個逃離丈夫的女人，到這個又高又長的龐然大物附近，它的回音重複著我的每一步腳步聲，而且有上百扇黑漆漆的窗戶動也不動地瞪著我。正常的年輕男子在這種環境下該會想盡辦法來搞個一夜情才對，我則望著漆黑的窗戶想：『這一切是很誘人，但將來總有一天，到時候這棟建築、小貓咪和她的哀傷、我和我的澎湃思緒，一個都不剩，徒留塵土……一切都是胡妄，虛幻一場……』

「當我們走到與磨坊並排時，小貓咪突然停下來，鬆開手想說話，但已經不是用小女孩的聲調，而是轉回自己的語調說：

「『尼古拉．阿納斯塔謝奇，我知道您覺得這一切很奇怪。但是我實在非常不幸！您甚至無法想像我不幸到什麼程度！不可能想得到的！我沒跟您細說，是因為連說都不能說……這樣的生活啊，這樣的生活……』

「小貓咪沒說完話，咬緊牙呻吟著，她好像是盡量使出全力別讓自己痛苦得吶喊出來。

「『這樣的生活啊！』她驚恐地再說一次，拉長聲音用那種帶點南方烏克蘭娘們的腔調，這種腔調在女人身上特別會讓激昂的話語帶有唱腔的感覺。『這樣的生活啊！啊，我的老天，我的老天，這到底是怎麼了？啊，我的老天，我的老天！』

「她彷彿想要看穿自己生活的祕密，不解地聳聳肩，搖搖頭，拍著手。她說話彷彿在唱歌，婀娜多姿地走動，使我想起一位著名的烏克蘭女演員。

「『主啊，我真像是陷在泥坑裡！』她激動得把手拗得咯咯響繼續說。『哪怕只讓我短暫地像一般人那樣活在歡愉中也好！啊，我的老天，我的老天！我活在這樣的羞恥中，半夜家裡有外人在的時候還丟下丈夫離家出走，像個蕩婦一樣。發生這種事之後還有什麼好下場？』

「我欣賞著她的舉止和聲音，為她與丈夫相處不睦而突然感到得意。『要是能搞上她就好了！』我心裡又閃過這念頭，這個殘酷的念頭盤旋在我腦海裡，一路上都不放掉我，而且越來越誇張地誘惑我……

「從製麵磨坊走了約一里半的路，往市區必須左轉經過一座墓園。在墓園轉彎處的角落立著一座石砌的風車磨坊，再一旁有間小農舍，是磨坊工人住的地方。我們經過風車和小農舍，左轉後抵達墓園大門。小貓咪停在那裡說：

「『我要回去，尼古拉．阿納斯塔謝奇！您自己走吧，願上帝保佑，我可以獨自回去。我不害怕。』

「『嘿，這下又來了！』我嚇一跳。『既然說要走，那就走吧……』

「『我急躁也沒用……要知道全都只是小麻煩。聽您說話讓我回憶起過往，讓我心思紛亂……我很憂傷，想哭，丈夫在軍官朋友面前粗魯地說我，那樣我就無法忍受……我為什麼要去市區找母親？難道這樣做能讓我變得幸福一點嗎？我必須回頭……不然……我們就再往前走吧！』小貓咪說並笑了一笑。『反正都無所謂了！』

「我記得在墓園大門上有一句銘文：『時候將到，現在就是了，死人要聽見上帝兒子的聲音』[1]，我清楚知道，那個時刻早晚會來臨，無論是我、小貓咪和她丈夫、穿著白制服的軍官，我們那時候都將躺在這圍牆後的林蔭深處；我知道與我同行的是一位不幸又受辱的人——這我都一清二楚，但同時卻又有沉重且令人不快的恐懼煩擾著我，就是小貓咪如果轉身要回家，我就不能夠告訴她我的內心話了。我腦袋裡從來沒有一個時候像現在這一夜，崇高的思想與最低劣的獸性俗念交織得那麼緊密……可怕！

「我們在墓園不遠處找到了出租馬車。我們搭車到小貓咪母親住的大街上後，打發走馬車，順著人行道走路過去。小貓咪一直不說話，我望著她卻對自己發怒：『你怎麼還不開始行動？是時候啦！』走到離我的旅館二十步遠的地方，小貓咪停在一座路燈旁開始哭泣。

「『尼古拉．阿納斯塔謝奇！』她邊哭邊笑著說，並用她那溼漉漉閃亮亮的眸子

[1] 語出《新約聖經．約翰福音》第五章第二十五節（和合本）。

望著我的臉。『我永遠不會忘記您的情義……您真是太好了！你們全都這麼傑出！誠實、慷慨、熱心、聰明……啊，真是太好了！』

「她在我身上看到的是一個有知識並在各方面都進步的人，而在她淚溼又笑顏展的臉龐上，浮現出我這個大人物在她內心激起的極度感動和喜樂，同時還流露出悲痛，因為她鮮少看到像我這種人，上帝也沒給她幸福的機會去嫁給這種人。她喃喃自語：『啊，這真是太好了！』臉上浮現童年的歡樂，加上淚水、溫婉的微笑、從頭巾中竄出來的柔軟髮絲，以及隨意包覆在頭上的那條頭巾本身，這一切在路燈的照耀下，令我回想起從前的小貓咪，那個讓人想要像摸小貓一樣去撫她一撫……

「我忍不住開始去撫摸她的頭髮、肩膀和手……

「『小貓咪，那妳想要什麼？』我喃喃道。『妳想要我跟妳一起走到天涯海角嗎？我會把妳從這個坑裡拉出來給妳幸福的。我愛妳……我的美人兒，我們走？要嗎？好嗎？』

「小貓咪臉上冒出困惑不解的表情。她從路燈那往後退，非常吃驚，張大眼睛瞪著我。我緊緊地抓住她的手臂，開始猛親她的臉蛋、頸子、肩膀，不斷發誓並給她承諾。在感情事上，誓言和承諾幾乎是促成生理需求的兩項要素，少了這些就搞不定。下次，儘管你知道自己在騙人，也知道承諾沒必要，而你終究還是會發誓和承諾的。驚訝不已的小貓咪整個人慢慢倒退往後走，張大眼睛瞪著我……

「『不要！不要！』她推開我的手嘟囔著。

「我緊緊抱住她。她突然歇斯底里地哭起來，她的臉上出現那種茫然、麻木的表情，一如之前在亭子裡點火柴時所見到的一樣……我沒問她是否同意，也不讓她有機會說話，強迫地將她拉到自己的旅館裡……她那時好像呆住無法走動，可是我仍抓著她的手幾近抱起來拖走……我記得，我們走上樓梯的時候，有某個戴著紅線圈帽子的身影驚訝地望著我，還對小貓咪點頭致意……

阿納尼耶夫臉紅起來，不再出聲。他默默地在桌子旁走來走去，懊惱地搔著自己的後腦杓，好幾次他背脊上流竄著冷意，因而抽搐地抖一抖肩膀和肩胛骨。他回想起這些事既羞恥又沉重，他內心交戰著……

「真糟！」他喝著葡萄酒並晃晃頭說。「聽說，每次在醫學院的婦科緒論課堂上，都會建議學生，在脫掉女性患者的衣服進行觸診之前，要想一想他們自己每個人也都有母親、姊妹、未婚妻……這個建議不只適合醫學院學生，還適合所有在生活中與女人有接觸的各式各樣的人。現在當我擁有妻子女兒，啊，我才真正了解這個建議！真正領悟了，我的老天！然而，再聽我說，接下來……小貓咪成了我的情婦後，她看事情的態度變得跟我不一樣了。首先，她投入了深刻的情感在這場戀愛中，儘管那只是被我視作普通隨性的調情說愛，對她來說卻是生活上的重大轉折。我記得，我那時候是覺得她瘋了。她在生命中頭一遭感到幸福，年輕了五歲似的，滿臉都是讚嘆和狂喜，幸福得不知道該如何是好，她一會笑一會哭，不停地說出夢想，像是明天我們去高加索遊玩吧，秋天再從那裡去彼得堡，或者之後的生活要怎麼過……

「『您別擔心我丈夫！』她安撫我。『他一定會跟我離婚。全城的人都清楚，他跟科斯托維奇家的大女兒私通同居。我跟他辦好離婚後，我們就結婚。』

「女人一旦戀愛了，會像貓一樣很快地調適習慣新接納的人。小貓咪才在我房間裡待了一個半小時，已經讓自己感覺是在家裡一樣，打理我的家當就像是自己的一樣。她把我的東西整理好放到行李箱，輕輕責備我沒有掛好新買的昂貴大衣，卻把它像抹布似的亂丟在椅子上，諸如此類。

「我望著她，聽到感覺到的只是一股疲憊和懊惱。沒想到一個規矩誠實且內心正難過的女人，可以在三、四個鐘頭之間如此輕鬆地變成偶然相逢之人的情婦——想到這個使我感到有點嫌惡。對於這種事我也跟正常男人一樣，您知道嗎，是不喜歡的。

之後，我還不愉快地想到，像小貓咪這樣的女人都不深刻不認真，耽溺在日常俗事裡，甚至把那種根本只是雞碎小事，比如像對男人的愛，也提升到幸福、苦難、生活大轉折的崇高等級……而現在當我慾望滿足後，我對自己做了傻事很懊惱，怎麼會搞上一個不想騙卻又不自主去騙的女人……還有，必須記住是我自己不守規矩在先哪，我現在反而不能忍受繼續騙下去。

「我記得，小貓咪坐在我的雙腿旁，她把頭倚在我的膝蓋上，用一雙閃亮且充滿愛意的眸子望著我問：

「『古拉[1]，你愛我嗎？很愛嗎？很愛嗎？』

「然後她幸福得笑了起來……這讓我覺得她自作多情、太過甜膩、不聰明，這時候的我已經處在一種只想急於尋覓『深刻思想』的心情裡了。

「『小貓咪，妳最好現在回去吧，』我說，『不然關心妳的親人發現妳不見了會來找妳的，會在城裡到處找妳。還有如果妳大清早才到娘家去，也不太好吧……』

「小貓咪同意我。我們約定好現在暫時道別，明天中午我跟她在城內花園碰面，

[1] 古拉是尼古拉的親暱稱呼。

後天我們一起出發去五峰城[2]。我記得送她到街上時，我還在路邊溫柔又真誠地愛撫她一陣子。有那麼一瞬間，我突然感到一股無法抑制的憐惜，她是那麼忘我地信任我，讓我決定要帶她一起去五峰城，但我想起自己皮箱裡只有六百盧布，而且等到秋天再想跟她分手的話比現在更是難上加難了，於是我急忙壓抑住這股憐惜。

「我們走到小貓咪娘家門前。我拉了門鈴。門裡傳來腳步聲，小貓咪忽然變得一臉嚴肅，望一眼天空，並且像對待小孩子那般替我匆匆劃了好幾次十字，然後抓起我的手摁在她的雙唇上。

「『明天見！』她說完便消失在門後。

「我穿越馬路到對面的人行道上，從那裡瞧一瞧她的娘家。窗戶裡頭一開始還暗著，之後有一扇窗閃出蠟燭剛點燃的微微淡藍色火苗，火旺了之後散發光芒，這時候我看到燭光映照出房與房之間移動的一些人影。

「『他們沒想到她會來！』我心裡說。

---

[2] 五峰城（Pyatigorsk），俄羅斯北高加索礦泉區的度假勝地，以具有療效的溫泉聞名；一八四一年俄國作家萊蒙托夫在此決鬥身亡。

「我回到旅館房間，換下衣服，喝一點葡萄酒，配著白天在市集買來的新鮮上等魚子醬佐酒，我不慌不忙地躺上床，像觀光客一樣沉穩安然地入睡。

「早上我醒來時頭痛，心情很糟。像是有什麼東西煩擾著我。

「『怎麼一回事？』我自問，想為自己的不安找出藉口。『是什麼讓我不安？』

「我自以為這個不安是害怕使然，大概是怕小貓咪現在會臨時來找我，想阻止我逃離，我又得要在她面前哄騙、裝腔作勢一番。於是我迅速穿好衣服，整理好行李，退房出了旅館，並吩咐服務生在晚上七點前把我的行李送到火車站。這一整天我都待在一個醫生朋友那裡，到了晚上我就搭車離開了這個城市。如你們所見，我的崇高思想沒有阻止我幹出這般下流的叛逃……

「當我坐在朋友家還沒去火車站的那段期間，我一直被不安折磨著。我覺得自己害怕見到小貓咪，也怕鬧出醜聞。到了火車站我故意躲在廁所裡，等到月台第二聲鈴響，我溜進自己的車廂後，卻有一種感覺掐著我——彷彿我全身從頭到腳都披著偷來的東西。我是多麼迫不及待又惶恐地等待著第三聲鈴響！

「這救命的第三聲鈴響終於傳來，火車出發了；我們駛過監獄、兵營，開往田野上，而教我大吃一驚的是，不安的感覺一直還在我心裡，我仍覺得自己是一個強烈地想要逃跑的小偷。這是什麼怪事？為了要消散這種感覺和安撫自己，我開始看窗戶外面。火車沿著海岸行走。碧綠的天空愉悅平靜地俯映著平緩的海面，天上幾乎有一半被晚霞塗成溫柔的暗紅金色。海上某些地方暗沉點綴著漁船和木筏。坐落在高聳岸邊的城市看起來乾淨美麗，像玩具一樣，已蒙上薄薄一層夜霧。教堂的金色圓頂、窗戶和綠林受著落日餘暉照映，燃燒著，漸漸消融，像黃金正在熔化……田野的氣味與海裡散發的溫潤潮氣混合在一起。

「火車飛快奔馳。車廂內傳來乘客與車掌的笑聲。所有人都歡樂輕鬆，只有我內心不安的感覺直直高升……我望著披覆城市的輕盈霧氣，我的想像浮現出——彷彿在這霧氣中靠近教堂與房子那邊，有個滿臉茫然麻木的女人慌張地跑來跑去，用小女孩的音調或拉長聲地找尋著我，像是烏克蘭女演員那樣，呻吟唱著：『啊，我的老天，我的老天！』我回想起她昨天像是對親人一樣幫我劃十字的時候，她那嚴肅的臉和憂心忡忡的大眼睛，我下意識地看了看我那隻昨天被她親吻的手。

「『我是戀愛了，還是怎麼了？』我搔一搔手自問。

「當夜幕落下，乘客們睡了，剩下我一個人面對自己的良心，我才了解到早先我怎麼都無法了解的事情。在車廂的幽暗中，我面前站著小貓咪的身影，不肯離開我，我才清楚認知到，我的惡行惡狀完全無異於謀殺。良心折磨我。為了要消滅這種無可承受的感覺，我向自己保證，一切都是胡妄與虛幻，我和小貓咪終將死去腐化，她的悲傷跟死亡相比就不算什麼了，諸如此類等等……人終究是沒有自由意志的，由此可見我沒有錯；但所有這些理由藉口只惹惱了我而已，似乎飛快地漸漸被淹沒在其他想法中。小貓咪親吻我的那隻手裡，留有憂愁的感受……我一下躺著，一下起身去停靠的車站裡喝點伏特加，強迫自己吃一些火腿麵包片，一再向自己保證，生活沒有意義，但這沒什麼幫助。在我的腦海裡沸騰著奇怪的，要說是可笑的騷動也行。完全不相關的想法無序地一個疊一個凌凌亂亂，相互混淆，而我像個思想家那樣用額頭盯著地面，但什麼也搞不懂，在這一大堆有用無用的思潮中什麼都無法了解清楚。顯然，我這個思想家在思考技術上還不成氣候，我不那麼善於使用自己的頭腦，就像我不會修理手錶一樣。我這輩子第一次竭盡心力地加強思考，這對我來說很稀奇，我在想『我瘋了！』。凡是平常不太動腦筋，只有在艱困時刻才動腦的人，才會出現覺得自己瘋了的念頭。

「我就這樣疲憊地過了一夜一日，之後又一夜，當我確定我的想法無法幫上忙之後，我才有所領悟，終於明白我是個什麼樣的角色。我明白我的想法一文不值，在遇上小貓咪之前，我根本還沒開始思索過呢，甚至連認真思考的概念都沒有；現在飽經痛苦後，我明白我沒有信念，沒有恆定的道德信條，沒有感性的心靈，沒有理性的頭腦；我智力與道德上所僅有的財富，不過是由零星片斷的專業知識、無用的回憶及他人的思想所組成——我的精神活動簡單不複雜，只擁有基本常識等級，像雅庫特人[1]的那種程度……假如我不愛說謊，不偷竊，不打鬧，或完全不犯明顯粗俗的錯誤，那麼這也不是自己信念的緣故——因為我沒有信念——而只是因為我雙手雙腳都被奶媽的童話故事和老套的勸善說教給綁住，儘管我認為這些說教是荒謬的，但它們已滲進我血肉裡，不經意地引導著我生活……

「於是我明白我不是思想家，不是哲學家，而只是巧於玩弄思想的人。上帝給我一個健康強壯、天賦異稟的俄羅斯人頭腦。這下您想想看，這個頭腦在生命中的第二十六年，尚未被訓練好，放蕩不羈，沒有裝載任何思想，只稍微蒙上了一些工程領域知識的塵埃；這顆腦袋很年輕，生理上渴求著運作的機會，忽然在一個完全偶然的情況下，有一種聲色動人的思想——生活本無益和死後徒黯然——從外面落入了這顆腦

[1] 雅庫特人，居住於西伯利亞的突厥語族，現為俄羅斯聯邦下的薩哈（雅庫特）共和國人民。

袋裡。它貪婪地吸收這個思想，占滿了自己的空間，開始在各方面玩弄這個思想，就像貓在玩弄小老鼠一樣。這顆腦袋既不博學也沒系統，但這不是問題。它以自學的態度用土法煉鋼的蠻勁來克服淵博的思想，不出一個月，這顆腦袋瓜的主人便真能從一顆馬鈴薯來料理出上百道美味的菜餚，且真的自以為是個思想家了……

「我們這一代把這種玩弄、遊戲的心態帶到嚴肅思想裡，也帶到科學、文學、政治等各方領域中，只要那裡他們不懶得去，他們就玩世不恭地把自己的冷漠、無趣、偏執帶去，我還覺得，他們用這種聞所未聞的新態度去對待嚴肅思想，已經成功教育了大眾。

「多虧了我的不幸下場，我最後弄明白也確定了自己是不正常又徹底無知。我現在覺得，我的思考能力是從我決定重新做人的那一刻，也就是說，當良知催趕著我重返家鄉的那時候才開始正常起來，我老老實實地到小貓咪面前懺悔，像個小男生似的在她跟前哀求原諒，最後同她哭成一團……」

阿納尼耶夫簡略地描述自己與小貓咪的最後一次會面，然後就陷入沉默。

「是啊……」當工程師說完，大學生吞吞吐吐從牙縫間擠出話語來。「這世界上竟有這樣的事情！」

他的臉一如從前那副懶得動腦筋的模樣，看起來阿納尼耶夫的故事一點都沒有感動他。工程師休息片刻後，準備再度大發議論重複那些他開頭已經說過的東西，這時大學生才被激怒地皺起眉頭，從桌旁站起來走回自己的床鋪。他鋪好床便開始換衣服。

「您現在這副表情，好像您真的說服了誰似的！」他帶著怒意說。

「我說服了誰嗎？」工程師問。「我的小可愛，難道我求的是這個？上帝保佑您！要說服您是不可能的！只有在您自己經歷挫折的路上，您才會被說服！……」

「又來一套奇怪的邏輯！」大學生穿上睡衣喃喃道。「您所不愛的那些思想對年輕人是要命的，而對老先生而言您卻說是正常的。好像關鍵是在白頭髮……哪來的這個老人特權？憑什麼成立？如果說這些思想是毒藥，那麼毒藥應該對所有人都有害。」

「唉，不是，我的小可愛，您別說了！」工程師說，滑頭地用眼角使了個眼色。「別說了！第一，老人家不會匠氣地玩弄思想。他們的悲觀是發自內心，不是從外偶然而來，是在他們鑽研黑格爾和康德什麼的、飽受苦難、犯一大堆錯誤之後，從自己腦海深處得知，簡單一句話，是當他們從下往上將要走完整座人生階梯的時候。他們的悲觀有個人經歷與其他哲學思考脈絡的背景。第二，老人家的悲觀不像你我一樣是沒由來的，是有其人世間的痛楚和苦難造成；他們的悲觀有基督教的背景，因為是發自對人的愛、關懷人的念頭，以及完全拋棄那種玩世不恭的人才有的自私自利。您看不起生活，是因為生活的意義和目的瞞蓋的正只有您，您只擔心自己個人的生死，真正的思想家則會憂心真理瞞蓋世人，會為全天下人擔憂。例如，離這裡沒多遠住著一位公家的林務員伊凡．亞歷山德里奇。那麼好的一位老先生。他不曉得什麼時候曾在某處當老師，偶爾寫些東西，鬼才知道他是什麼來歷，但他真是絕頂聰明，對哲學很有一套。他讀過很多書，現在仍持續讀。對了，好像我們不久前才在格魯索夫斯基路段見過他嘛……那裡剛好在鋪枕木與鐵軌。這件工作不複雜，可是對伊凡．亞歷山德里奇這個外行人來說，就好像是變戲法一樣。把枕木鋪好並把鐵軌固定上，有經驗的師傅不到一分鐘就可以做好。那時候工人心情好，做事快又準；特別有一個粗人幹起活來異常敏捷，只要揮擊一次大鐵鎚就能把釘子給敲進去，看看鐵鎚把柄幾乎快要有一俄丈那麼長，每根釘子有一英尺長。伊凡．亞歷山德里奇久久望著那些工人，深受感動，含著淚水對我說：『真是可惜，這些優秀的人都難免一死！』他如此悲觀我是可以體會的……」

「這一切都無法證明什麼，也無法解釋什麼，」大學生蓋好被單說，「這一切只是像把水放在臼裡磨一樣，白忙一場！沒人能明白什麼，任何事都無法用言語證明。」

他從被單下探頭瞧一眼，不悅地皺眉並略微抬起頭怏怏說：

「只有非常天真的人才會相信，才會認為人類的語言和邏輯有重大的意義。語言可以用來證明一切，也可以用來駁斥一切所能想到的，很快人們會達到那種語言技巧，到數學般精準的程度來證明二乘二等於七。我愛聽也愛讀故事，但要我相信，十分感謝，我可不會也不想。我相信只有一個神，而您儘管告訴我基督二度降臨這種永遠不可能的事，或者再去誘騙五百個小貓咪，除非我瘋了才會相信……晚安！」

大學生把頭埋在被子裡，臉轉向牆壁，他希望這個動作能讓人了解他已經不想聽也不想說了。爭論就到此為止。

睡覺前，我和工程師還到工寮外面去一下，我再次看到了那些燈火。

「我們的胡扯讓您很疲憊吧！」阿納尼耶夫打著哈欠望著天空說。「唉，也沒辦法，老兄！喝點葡萄酒高談闊論，只是在這種無聊中找點樂子……真是好一個路堤，主啊！」我們爬上路堤，他深深感動。「這簡直不是路堤，而是一整座阿拉拉特山[1]啊。」

---

[1] 阿拉拉特山（Ararat），原屬亞美尼亞，現位於土耳其境內，被亞美尼亞人視為聖山和民族象徵；《舊約聖經．創世記》第八章記載此山是挪亞方舟的停靠處（但現今考據有爭議）。

他稍微沉默一下又說：

「這些燈火讓男爵想起了亞瑪力人，但我覺得它們反而像人類的思想……知道吧，每個人的思想也是像眼前這般景象散去在無序中，沿著一條線延伸到不知何處的目的地，在那陰暗之中什麼也沒照亮，黑夜也沒清朗，思想往往就消逝在那裡的某處——就是老年之後的遠方……哎呀，哲學問題講得夠多了！該要去睡覺覺了……」

當我們回到工寮，工程師堅持要我同意去睡他的床鋪。

「嘿，請吧！」他把雙手按在胸膛上誠懇地說。「請您別客氣！您不要擔心我。我任何地方都能睡，而且我還不會馬上睡……拜託您吧！」

於是我同意了，我換裝後躺上床，他則坐在桌前埋頭畫圖。

「老兄啊，我們這種人可沒時間睡覺，」當我躺著閉上眼睛時他輕聲說。「有老婆有兩個小孩的人是沒法睡的。不僅現在得供養他們衣食，還要存夠錢給未來用。我就是有兩個小孩：一個兒子和一個女兒……我那個調皮鬼小男生的臉蛋可真漂亮……還不到六歲，我跟您說，他已經有超乎尋常的本事……以前我這邊好像有一些他們的照片……啊，我的小孩子，小孩子！」

他在紙堆中摸索尋找，後來找到了一些照片就自顧看呀看的。我那時候已經睡著了。

我被阿索爾卡的叫聲和一些喧鬧的說話聲給吵醒。馮．史騰堡穿著一件內衣，赤腳，披頭散髮，站在門檻上不知道在跟誰大聲說著話。天亮了……陰鬱的藍色晨曦映照著門板、窗戶及工寮牆隙，微微照亮了我的床鋪，以及擺了一堆紙的桌子，也照亮了阿納尼耶夫。工程師打直身子睡在地板的毛氈斗篷上，鼓著他那厚實多毛的胸膛，腦袋下面靠著皮枕頭，他的鼾聲大到讓我打心底同情起每晚得要跟他一起睡覺的大學生。

「到底為什麼我們要收下？」馮．史騰堡大喊。「這東西跟我們無關！你去找工程師查理索夫吧！哪來的這些鍋子？」

「是尼基欽那裡來的……」某個聽來很愁苦的低音回答。

「唉，那你就該去找查理索夫啊……這不是我們路段的東西。你搞什麼鬼還站在這裡？去吧！」

「長官，我們已經去過查理索夫先生那裡了！」那個低音更愁苦地說。「昨天一整天都在線上找他們，他們工寮裡的人告訴我們，說他們跑去迪姆科夫斯基路段了。請行行好，收下吧！不然我們到底要載這些貨到什麼時候？沿著鐵路線運來運去，沒完沒了……」

「那裡在幹嘛？」阿納尼耶夫醒過來，馬上抬起頭聲音嘶啞地問。

「尼基欽找人運來一批鍋子，」大學生說，「要我們收下。但我們何必要收下這些東西？」

「把他們攆出去！」

「行行好，長官，請讓我們辦好這事情吧！馬匹兩天沒吃東西了，馬主人恐怕會氣死。難道要我們再運回去嗎？既然是鐵路工程單位訂的鍋子，那麼你們都是一個單位就該收下……」

「你要搞清楚，笨蛋，這不是我們的事情，去找查理索夫！」

「這是幹什麼？誰在那裡？」阿納尼耶夫又再嘶啞地說。「叫他們去見鬼吧！」

他站起身往門外走去，口中大罵。「這是幹什麼？」

我穿上衣服，沒兩分鐘也走出工寮。阿納尼耶夫和大學生兩人穿著內衣，打赤腳，對一個鄉下人激動又不耐煩地解釋著什麼，鄉下人站在他們面前，沒戴帽子，手裡拿著馬鞭，看樣子他沒法了解他們的話。兩人臉上都露出對日常瑣事的煩惱。

「我要拿你這些鍋子幹嘛？」阿納尼耶夫大喊。「難道要我把它們戴到自己頭上，是嗎？如果你找不到查理索夫，那就去找他的助手，讓我們清靜一下吧！」

大學生看到我，大概想起了昨晚的對話，剛剛的煩惱便消失在他的睡臉上，又浮現出一副懶得思考的模樣。他揮了揮手驅趕那個鄉下人，心裡想到了什麼事情退到一旁去。

早晨天色陰鬱。昨夜亮著燈火的鐵路線上，現在只蠕動著醒來的工人。傳來一些聲響和獨輪手推車的嘎吱聲。一個工作天開始了。一匹套上繩子和馬具的小馬已經慢吞吞地往路堤上走去，盡全力伸長脖子拉著身上裝載泥沙的拖車……

我開始道別……昨晚聽到很多故事，但到我臨走時連一個問題也沒解決，所有的對話好似經過了一層篩子，留在我現在早晨記憶中的，只剩下燈火和小貓咪的形象。坐上馬後，我朝大學生與阿納尼耶夫望最後一眼，也朝歐斯底里的狗看一眼，牠的眼睛混濁得像喝醉酒似的，還看一看隱隱閃現在晨霧中的工人們、路堤、伸長脖子的小馬，我心裡想：「在這個世界上沒有什麼能搞清楚的！」

我抽了馬奔馳在鐵路線上，稍後一會兒，面前只看到無邊無際的沉鬱平原、陰霾冷淡的天空，使我想起昨晚談論的問題。我心裡還在思索，而被太陽曬枯了的平原、壯闊的天空、遠方變暗的橡樹林和霧濛濛的遠方，這一切卻彷彿對我說：「對，在這個世界上沒有什麼能弄明白的！」

太陽開始上升了……

【導讀】

契訶夫的愛情與反叛

文／台灣大學外文系副教授 **熊宗慧**

在台灣契訶夫的名字與他的戲劇作品《海鷗》、《凡尼亞舅舅》、《三姐妹》和《櫻桃園》緊緊相連，藉由這幾部作品我們認識契訶夫，愛上他構築的舞台世界。然而，契訶夫不只是劇作家，他還是寫短篇故事的高手，〈一個文官之死〉、〈變色龍〉、〈胖子和瘦子〉、〈憂愁〉、〈套中人〉、〈醋栗〉是他耳熟能詳的短篇作品。然而，契訶夫也寫中篇小說——《第六病房》，內容是諷刺沙皇政府統治之下的俄國像個恐怖的精神病院，這部作品讓契訶夫成為批判寫實主義作家。

以上所提都還是我們熟悉的契訶夫，是關懷小人物和弱勢階級的人道主義者契訶夫，是討厭庸俗和無作為知識分子的契訶夫。然而，有一面的契訶夫我們始終陌生，它隱密、低調，卻更讓人想一窺究竟，那是談愛情，也談情慾的契訶夫。

愛情這個主題縈繞在他心裡多年，在〈帶閣樓的房子〉、〈跳來跳去的女人〉、〈吻〉

等多篇故事裡，契訶夫寫下他觀察愛情的心得，他曾經想以「我朋友的故事」為名，寫一本周遭人物的愛情故事集，可惜沒有完成，但是「關於愛情」的故事仍舊散見在他的作品裡，時隱時現，所以，最後才有了那篇〈帶小狗的女士〉的誕生，才有了納博科夫的讚嘆：「世界文學史上最偉大的短篇小說之一。」

事實上，契訶夫為了成就這篇納博科夫所說的偉大作品，中間還經歷一番曲折。契訶夫寫這篇故事的時間是在一八九九年的九月到十月間，在這之前將近九個月裡他沒有任何創作，只是在準備作品全集的出版，他反覆觀看自己的文章，考慮要將哪篇和哪篇收入，在看到〈燈火〉這篇一八八八年的作品時，他停了下來，思索著，然後將它抽出，重新改寫，最後，一萬多字的短篇小說〈帶小狗的女士〉產生了，而中篇小說〈燈火〉則消失在他的自選全集裡。所以，從某方面來說，其實是〈燈火〉催生了〈帶小狗的女士〉，只是這當中已經相隔十一年之久。這段時間不算短，足夠將青春的愛戀銷蝕成衰老的怨懟，但是可愛如契訶夫，溫柔如契訶夫，他卻在生命的晚期寫下這一篇純粹的愛情絮語，內斂、含蓄、精練，卻是無堅不摧。

要怎麼描述〈帶小狗的女士〉呢？是說一個男人愛上了一個女人，而且愛得既深且久……這樣講也沒錯，但有一個前提，即它是一段出軌的戀情，偷情和背叛就是這篇故事的主題，是在這樣的背景下男女主角愛得認真，愛到無法自拔。從這個角度觀之，〈帶小狗的女士〉其實是一篇挑戰世俗道德觀的小說，而很多線索顯示，契訶夫從一開始也就不在乎道德與禁忌，從男女主角的安排就可見出端倪。

簡單說這是風流熟男與新婚少婦的組合，這種組合除外遇和偷情外，難有其他關係。先說女主角，小說以〈帶小狗的女士〉為名，而且故事一開頭就以「聽說，濱海道上來了個新面孔」營造出萬眾矚目的期待效果，跟著女主角安娜出場了：身材不高，戴貝雷帽，金色頭髮，牽著一隻白色博美狗。就人物形象來看，安娜其實並不出色，甚至有些平凡，與開頭的聲勢相比，有相當程度的落差，不過契訶夫本人似乎很喜歡，他讓女主角一直帶著貝雷帽、牽著狗到處散步，據說，那和作家本人的形象頗為相近。至於男主角古羅夫，契訶夫對他的外貌沒有太多著墨，只說他對女人很有吸引力，外遇無數，由此猜得相貌不會太差。最重要一點是，小說的敘事觀點是以古羅夫的角度來開展，因此他的心境和感受才是描述的中心；女主角安娜大多處於被觀察的位置，以樸實、羞澀和真誠的心打動古羅夫，並讓他一嚐真愛的滋味。看起來，這像是一則浪子回頭的故事，只不過他回歸的並不是家庭，而是真愛的懷抱，然而這樣的選擇對當時的衛道人士來說，怎麼樣都不算正確。

接下來談談契訶夫選中的故事場景——雅爾達。這是著名的度假療養勝地，有錢有閒卻不想出國的俄國貴族大多選擇該地作為休憩場所，有事沒事度個假就是身分和地位的表徵，邊度假邊偷情也算一種療養，時候一到揮揮衣袖，無牽無掛返回兩京——莫斯科和彼得堡，此後不會與偷情對象相遇，這是來雅爾達尋歡的不成文規定。說起來，南方風景勝地在俄國小說裡總是浪漫的象徵，溫暖的陽光、無邊的海浪，加上繪聲繪影的風流傳聞推波助瀾，輕易就讓愛裝模作樣的北方人卸下面具，露出渴望激情的本性，雅爾達就是這一種心理的投射對象，再精確一點說，是朦朧情欲的象徵。契訶夫明瞭這種心理，所以他假男主角古羅夫之口說：「這裡的男人跟著她，盯著她，跟她搭訕，心裡只懷著一個祕而不宣的企圖——她不可能猜不到。」

尋找情慾的出口是到此度假的男女「祕而不宣」的目的，而既是偷情就得隱密進行，以凸顯突破禁忌的歡愉，對此契訶夫的描寫極為高明，他談雅爾達，卻不說風景，只說「啊，無聊！唉，灰塵！」——就這麼一句，彷彿不著邊際，卻又直抵核心，雅爾達因此籠罩在一股特別的氛圍中，風吹沙揚，無所事事的人們表面無所事事，心裡卻期待有事情發生。的確，正是這風、這灰塵、這無聊，給了人們用偷情排解煩悶的藉口，契訶夫可真是看透了人心。

偷情既是心照不宣，所以發生在雅爾達的事物多帶有隱喻的意味，從傳聞、風沙，到無聊，每一個小細節看似無關，實際上卻是前後相連。就說那顆偷情房間裡的西瓜吧，它像天外飛來一般，出現在男女主角第一次發生關係後的房間桌上，你說它有點「突兀」，可是卻又是說不出的「適切」，很可能它早擺在那裡，但直到偷情結束以後，契訶夫才讓讀者發現到它，關於這點，我們只能想像。然後西瓜被切了開來，古羅夫拿起一片慢慢吃著，沒有說話。這就是全部關於西瓜的描述，與故事情節沒有任何關聯，卻精準地呈現出一個男人，而且是慣性外遇的男人在偷情之後「船過水無痕」的輕鬆態度，與女主角失措的舉止一相對照，西瓜的作用於是不言而喻。此外，被切了開來的西瓜不自覺引發聯想——暗喻情慾發展的結果。如果說契訶夫是擅用小細節營造多層次聯想的高手，那麼這一顆西瓜絕對堪稱經典。

面對小說裡的偷情，契訶夫沒有責備，他讓男女主角沉浸在愛慾的歡愉中，享受雅爾達帶給人的美好，這一點他不像托爾斯泰，嚴厲批評自己的女主角安娜．卡列妮娜的出軌行為。沒有對耽溺情慾的男女給予道德譴責，契訶夫的態度頗引人質疑，同樣地，在處理流言的態度上契訶夫也很開放，小說裡提到在男女主角某次出遊時，「警衛……向他們瞧一眼便離去」，此處的「一眼」意味深長，代表當地人對偷情之事見怪不怪。契訶夫甚至調侃了一下托爾斯泰，說古羅夫對那「一眼」感覺「神祕而美好」，完全不介意那「一眼」可能是流言蜚語產生的源頭，更可能在日後毀了他的家庭（此處不妨和《安娜．卡列妮娜》做對照）。

相對於南方雅爾達是在夢境的氛圍中感受真實的情慾，那麼北方莫斯科顯現的就是在現實生活裡時間如流水般逝去。古羅夫不討厭莫斯科，那裡的生活緊湊而有趣，日復一日，只要不去回想雅爾達就好……然而回憶是自己找上門的，雅爾達的風景、安娜的身影如影隨形地跟著他，彷彿她才是他的家人。古羅夫此時並沒有意識到自己耽溺在幻想中，直到他打算和旁人提起雅爾達的戀情時，卻被一句「那鱘魚是有點怪味！」的回話給激怒，至此才意識到現實生活的乏味，也才感到那位「帶小狗的女士」和他之間的關係不只在床上，小說行文至此，古羅夫才算踏入了愛情的園地。

性的關係可能是一時衝動，但是談愛情卻不能不用心，所以契訶夫安排古羅夫離開莫斯科，前往S城找安娜，然後男女主角在劇院重逢，安娜沒有預期會見到古羅夫，因而大驚失色，又擔心旁人察覺兩人關係不尋常，於是起身，往走廊樓梯走去，古羅夫隨即跟上，就這樣兩人一前一後，沒有交談或是互動，只是在樓梯間上上下下……這一段的文字極為壓縮，焦點集中在動作的描寫上，但明眼人看得出，所謂「茫然地走著，沿著走廊樓梯上上下下」一句隱含的複雜心理：極度慌亂又壓抑的情感得藉機械性的動作來宣洩。作者一連幾次提到安娜飽受驚嚇，激盪的情緒迫使她不斷上下樓梯，而這也是她唯一一次在男女關係中主導局勢的場景，男主角只是無語地跟在女方身後，不斷揣測她的心理，確定她愛他時才摟住她，親吻她，然後安娜承諾古羅夫，說她會去莫斯科找他，為之後漫長的出軌做出了關鍵性的決定，也結束了這一節故事。綜觀全篇，從古羅夫動身去找安娜，到安娜從驚駭中回神而接受古羅夫的愛，此處是情感起伏最劇烈的一幕，所以納博科夫才會說這是小說裡「沒有高潮中的高潮」。

劇院重逢之後古羅夫與安娜便過起偷情男女必有的「雙重生活」，表面上男已婚，女已嫁，各自擁有家庭，毫不相干，但私下兩人卻不斷密會。某次古羅夫去找「情婦」安娜，順道送女兒上學，他看著天上掉落的雪塊有感而發：「這個溫度（零上三度）只是在地表上的，在大氣表層上又是另外一種溫度。」女兒以為父親在講自然科學，不明白他其實意有所指——指自己的偷情生活，他甚至以此為例，認為所有人的生活都藏有不能公開的一面，很難不聯想到這是契訶夫假古羅夫之言發表自己的看法，同樣又是沒有譴責，甚至還說這種祕密生活「就像在黑夜的帷幔下過著一種真實又有趣的生活」。這一段近乎背德之語契訶夫談來卻是異常輕鬆，還特別語帶諷刺地強調，無怪乎「文化界的人總是緊張兮兮地要求隱私」，令人忍不住莞爾。

〈帶小狗的女士〉其實是一篇契訶夫的愛情神話，他竭盡所能地不讓古羅夫和安娜對彼此厭倦，以及對無法公開的偷情生活感到疲乏，而這在契訶夫的小說裡並不尋常，或許是因為作家太珍惜真愛了，就像他在小說裡不厭其煩地強調古羅夫是真正愛上了安娜，兩人是真心相愛，看在愛情的份上，荒謬的婚姻制度也好，痛苦的偷情生活也好，都值得他為這樣的愛情深深刻畫。

契訶夫獨特的愛情觀讓這篇故事成為俄國經典小說裡的特例，而這或許可以視作是契訶夫對俄國文學傳統的反叛：他讓男女主角偷情，偷得理直氣壯，背叛了普希金在《奧涅金》裡要求妻子得對丈夫忠貞的誓言；他讓男女主角先上床再談感情，嘲諷了屠格涅夫小說裡虛幻不實的愛情；他讓古羅夫和安娜一直相愛，無視流言與否，反擊了《安娜．卡列妮娜》裡流言對愛情的殺傷力，從各個層面看，〈帶小狗的女士〉都是一部背叛傳統的小說，從形式、內容到精神全都背叛。至於契訶夫本人如何處理這樣的背叛？他的處理很妙，彷彿沒有處理一樣，就像故事末尾說：「解決之道便會找到，那時候將有一個嶄新的美好生活……」這就是結局，沒有結論的結局，可以說是「開放式結局」，不能說契訶夫沒有處理，可能契訶夫已經思索過千萬種的結局，最後他選擇如此，這也顯示出他的慎重，這一路下來他總是十分呵護自己的男女主角，讓他們在歷經風霜之後依舊相愛，或許也是該放手的時候，讓他們自己面對難關，攜手走向未來。

【二版編後記】

初識契訶夫——訪作家黃春明談契訶夫

口述／黃春明　　文／丘光

彼得・謝爾蓋伊奇卸下馬銜，牽馬去馬欄。我站在門檻旁望著斜斜的雨水如條似帶地落下，等著他安頓好；這裡的乾草聞起來甜得撩人心緒，這氣味比在田野上更是濃烈；天色在烏雲和雨水籠罩下越見昏暗。——〈某某小姐的故事〉

「我覺得契訶夫這篇小說很有詩意，我很喜歡，他寫到屋子裡的乾草味比田野上還要濃，我在農村待過，真的是這樣……」

這是我在二〇一〇年邀作家黃春明參加「契訶夫我願為你朗讀」活動時，我問他為什麼選〈某某小姐的故事〉這篇來朗讀，他的這個回答令我印象深刻，尤其在我日後閱讀契訶夫時，會讓我特別留意去感受這類日常細節的表現。

契訶夫透過一個農村日常味道的抒發，使人感受到雋永美妙——這種詩意，或者說抒情性，把擁有共同感受的人聯繫了起來，讓處在另一個時空下的黃春明感受到，並將契訶夫放在作品中的那股乾草氣味轉述傳遞給我，使我對小說中那個場景的感受格外豐富。這是我第一次在書本之外藉由另一位創作者的轉述而體認到契訶夫的詩意，這種透過非書面的經驗得來的認知令我很是感動。

身為契訶夫的譯者，我非常珍惜這樣的交流，因為由此得來對契訶夫的詮釋是極為可貴的，也有助於我日後的翻譯工作。

在朗讀會之後，這十多年來，我有幾次與黃春明先生交流的機會，每次聊到俄國文學，他總是盡興地跟我們聊他是怎麼開始讀契訶夫，以及閱讀俄國文學的機緣巧合，有些過程頗為戲劇性，因此我想藉機梳理一下黃春明與契訶夫之間的文學脈絡。

看了會想哭

這要從黃春明在羅東中學念初中二年級的時候講起，當時的國文老師叫王賢春，有一次的作文題目是「秋天的農家」，他作文寫完交上去後，王老師認為他寫得太好了，甚至懷疑本省的同學不可能寫得這麼好，就說：「春明啊，作文要好不能抄喔。」

黃春明被老師誤會，很不服氣地說：「老師若不相信，就讓我再寫一篇。」

王老師便出了另外一個題目「我的母親」，黃春明愣了一下，說母親在他八歲時就過世了，要寫什麼？老師說可以把對母親的印象寫出來。於是他回家寫下對母親的思念，寫著阿嬤說「恁老母去天頂了」，寫著他夜晚看著天空，上面有星星，有烏雲，卻看不到媽媽……

隔天王老師看過這篇作文，紅著眼眶對他說：「春明，你這篇寫得很有感情。」並且覺得這孩子有寫作天分，就送了他兩本書──《契訶夫短篇小說集》和《沈從文短篇小說集》。

黃春明很喜歡這兩本書，很快就讀完了，契訶夫和沈從文從此對他日後的寫作產生很大的影響，其中契訶夫筆下的小人物悲慘遭遇引起他極大的同情心，特別是像〈萬卡〉這類描寫可憐小孩受苦的故事。這是黃春明對契訶夫的初相識。

性格叛逆的黃春明從小是鄉親眼中的「壞孩子」，念高中、師範時期被退學多次。當他被台北師範退學，轉學至台南師範時，在一門測驗統計課堂上聽到老師說：「凡是存在以量的，皆可測量之。」他便舉手發問：「老師，孟子說人性本善，善也存在啊，怎麼測量？」看老師一時答不出來他得意地再問：「老師，荀子說人性本惡，惡也存在啊，怎麼測量？」結果老師氣得說：「你給我出去，你這個台北師範的垃圾。」

「我被老師趕出課堂後，」黃春明說，「那個時代不能待在外面，我就在圖書館晃，東看西看在書架上頭發現一綑綑報紙包起來的東西，我好奇地拿下來，一看上面寫著禁書兩個紅字，我更想看了，翻開裡面有很多俄國文學小說，還有很多科學類的書……」

這是黃春明與契訶夫的再相識。那時候俄國文學翻譯書被歸為左派，是禁書，市面上很難看得到，在這次機緣巧合下，除了契訶夫，他還看到相當完整的一批俄國文學經典，包括從十九世紀初的普希金、果戈里到二十世紀初的高爾基等作家。整體來看，學生時代的黃春明在契訶夫那裡看到社會寫實，意識到社會問題，這個自覺在他成為作家後日益發酵，他憑藉自己對社會生活的細心觀察，漸漸意識到自己也可以把看到的社會問題寫出來。

「契訶夫的小說我看了會想哭耶，」黃春明回憶著說，「我看到〈萬卡〉的小男孩遭遇，就想起自己的媽媽，還有〈睏〉的小女孩，都讓我想到自己村子裡的貧困生活和人物，我就想把那些人物寫下來。」

「我不敢說絕對，」他接著補充，「但我覺得有受契訶夫的影響，比如說我寫

〈魚〉，小小的小孩子被送去做學徒，他記得阿公說下次回家時帶一條魚回來，因為住在山上的阿公想吃海魚不方便，有一天他真的借了腳踏車帶了魚回來，本以為可以讓阿公高興一下，但魚卻掉在半路上被卡車輾糊了……這都是像契訶夫的東西。我覺得他的東西能感動，不是理論上的感動，是你做為一個人，一個有同情心的人，一看就覺得：喔，這樣啊！」——這種人心自然而然的感動，無論契訶夫或黃春明，都在各自的作品中傳遞給讀者，我感受到了。

我們是從生活裡面舉例比喻

契訶夫的妻子克妮珀有一次寫信問契訶夫：「安東，生活是什麼？我一點也不懂。我很心煩鬱悶。」契訶夫回信：「妳問，生活是什麼？就好像在問，紅蘿蔔是什麼？紅蘿蔔就是紅蘿蔔，再也沒別的了。」——生活對克妮珀來說似乎很抽象，因而心煩，契訶夫的信看似沒給妻子一個正面的答案，但他從生活裡舉例比喻，或許這反而能讓妻子釋懷一笑，面對生活。

「讀書人真的很多不知道生活，所以就活在沒有動詞的生活裡……我們創作絕對不是從理論開始，我們是從生活裡面舉例比喻。」黃春明特別強調過生活對於創作的重要性。

幾次聊天下來，我覺得黃春明和契訶夫之間有一些相似之處，善於觀察社會現象、批判社會問題，語言有幽默感，最主要的是，他們寫作都以生活為師，舉生活為例。

「以前那時代因為常吃地瓜很會放屁，冬天屁一放，老師就說趕快把窗戶打開，本來放屁有共鳴的作用，自己有屁不大敢放，但是聽到一聲有人放了就放鬆了，噗噗噗，這個寫小說才好玩呢，貧窮裡面有眼淚也有笑話……」——我喜歡聽黃春明講這些細微小事，看似尋常生活，卻充滿了細膩的人性心理轉折。

讀黃春明的故事我們不是遠遠望著一幅幅靜態的生活圖景，而是能感受到人與人之間的現實生活、心理狀態彼此牽動起伏，時不時也牽動著讀者，這是生活的劇場。

【譯後記】

初譯契訶夫

文／丘光

這本書初版時沒有譯後記，當時的我想憑一己之力開出版社，就是櫻桃園文化，現在想來是有點任性，而也多虧了這份任性，讓我投入這份自己感興趣的工作，多年來內心頗為踏實。《帶小狗的女士》是創社作，初版時舉辦了一場盛大的新書發表會——「契訶夫我願為你朗讀」，那時我一人身兼數職，從社長、譯者、編輯到活動企劃，加上大大小小勞力活，出版前兵荒馬亂，竟忘了寫譯後記，因此現在來補上一篇。

這篇遲來的譯後記重點在回顧自己的「最初譯作」，其間跨度有十多年，這是一件特別的事，尤其重新細讀時心裡免不了有一種憂喜參半的刺激感，擔憂是怕看到重大錯誤，歡喜是沉浸在首部契訶夫譯作的自戀。

重新檢視最初的譯本，我看到字裡行間有非常多的熱情，比如，譯注中有一些過多的詮釋，再版時我覺得應該要收斂一點，或許比較符合契訶夫的氣味；看到翻譯體例掌握略有不足，像地名等譯名系統原則應該要更堅定才好；看到語氣詞的應用不夠成熟，應該可以把人物的語氣態度表現得再細膩一些。

如果說看到什麼優點的話，首先，大概是當時我就想到風格這件事，在某些細微處的堅持至今仍覺得是好的，如書名《帶小狗的女士》，充分反映了俄文書名「Дама с собачкой」每一個詞的本質、寓意，以及脈絡；舊譯本常用的是：《帶小狗的女人》或《帶狗的女人》，看似一兩字之差，但文學作品中狗與小狗、女人與女士都是不同的人物形象，會給予讀者不同的想像，哪怕細微，也不得不慎。文學翻譯的第一步若踏得不精準，之後的風格有可能會越走越偏。

再者，契訶夫掛在嘴邊的簡潔、日常生活，我當初翻譯時確實有放在心上，在中文修辭上，盡可能從詞語到整體文章的風格貼近作者的簡潔風格，避免使用帶典故的成語，或形象與原文歧異的慣用語，比如，原文是「一片寂靜」，就不譯為「鴉雀無聲」，原文是「說悄悄話」，就不譯為「咬耳朵」，諸如此類，因為這種賦予過多形象的翻譯方式極可能在不經意之間便毀了原作風格。

還有就是，當時我有意識地在譯文中不刻意省略俄國文化該保留的元素，比如，《帶小狗的女士》的女主角安娜．謝爾蓋耶夫娜，原文是名與父名連用，偶有讀者對我說俄國人名太長不好讀，勸我翻譯時省略父名或簡縮字詞，然而，這裡的女主角中譯名不該也不能省略父名，原因至少有三個，但對我來說最要緊的是，安娜．謝爾蓋耶夫娜讀起來的「聲響效果」會令我莫名地聯想到托爾斯泰的安娜．卡列妮娜。事實上，《帶小狗的女士》與《安娜．卡列妮娜》的主情節相仿，契訶夫似乎也有意以此作與托爾斯泰對話。

另外，除了以上的自我省視，初版中有一些「現在的我」覺得不夠成熟的筆觸，在第二版中保留了下來，或許，我想讓自己記得「當時的我」的樣子。

最後，想談一下譯本的書面詮釋與表演詮釋之間的互動。《帶小狗的女士》初版新書發表會是以朗讀會形式呈現，邀請台灣各年齡層的創作者來朗讀契訶夫，包括年長一輩的作家黃春明，還有年輕世代作家童偉格、夏夏，以及演員柯奐如、黃冠熹，加上劇作評論、策展人耿一偉帶領的一批台北藝術大學戲劇系學生洪儀庭、王又禾、朱安如、劉郁岑、李潔欣。這些各有專長的人聚集在同一個舞台上，以朗讀、彈唱、戲劇表演等不同的形式，來詮釋同一個文本——契訶夫的創作，他們的言語、表情、肢體動作、形塑的氣氛，甚至由此引出的觀眾眼神，都可能成為詮釋契訶夫的一個獨特的觀點。看過他們的表演後，我更能夠感受契訶夫描繪人物心理的細膩變化，這影響了我的翻譯工作方式，比如，我現在翻譯之後會朗讀給自己聽。在此感謝朗讀會的每一位參與者，他們舞台上的詮釋留給我的印象，是我日後翻譯契訶夫的重要養分。

契訶夫年表

編輯、圖說／丘光

一八六〇年

一月十七日（即新曆一月二十九日，以下日期除特別標示外，皆為俄曆），安東．帕夫羅維奇．契訶夫出生於俄羅斯亞述海濱塔干羅格市的商人之家，為家中第三子。

一八六七年

契訶夫和二哥尼古拉，一起進入希臘教區小學就讀（根據大哥亞歷山大的說法，這是父親打算培養他們倆日後方便跟希臘人做生意）。從這年開始與兩位哥哥一起在父親組織的教會合唱團唱歌。

一八六八年

八月，轉至塔干羅格中學預科班就讀；學校其中一位神學科老師波克羅夫斯基幫他取了外號「契洪特」，這也是日後契訶夫最重要的一個筆名。

右圖為契訶夫的父親帕維爾．葉戈羅維奇，左為母親葉夫根妮雅．雅科夫列芙娜。作家曾說：「我們的天賦來自於父親，而靈魂則來自於母親。」

一八七三年

秋，第一次到劇院看戲，欣賞法國作曲家賈克·奧芬巴哈的輕歌劇《美麗的海倫》。這年第一次有了對文學寫作的構思，考慮改寫果戈里的小說《塔拉斯·布里巴》為悲劇。

一八七四年

這年開始熱中參與家庭戲劇表演，飾演過果戈里《欽差大臣》中的市長。到中學畢業之前經常到劇院看戲。

一八七五年

六～七月，隨爺爺葉戈爾到亞美尼亞人的大薩雷村辦事，在那裡遇見一位美麗的女孩，日後據此回憶寫下小說〈美人〉。

一八七六年

契訶夫的父親破產，為了逃避債務監獄，全家搬到莫斯科，留下安東和小一歲的弟弟伊凡，一年

一八六九年～一八七四年契訶夫一家的住所（二樓），一樓是父親的食品雜貨店，契訶夫經常在店裡幫忙。

後弟弟到莫斯科與家人會合。

一八七七年

三月二十日~四月十日，復活節假期首度去莫斯科，探親、看戲、逛街。十月，開始把自己的幽默小品文寄給大哥亞歷山大嘗試投稿。

一八七八年

首次創作戲劇《沒有父親的人》（後稱《普拉東諾夫》），生前未發表，作家過世後十九年才被發現。

一八七九年

三月十二日，爺爺過世。六月十五日，中學畢業，獲塔干羅格市議會每個月二十五盧布的獎學金；八月八日，到莫斯科，與全家人住在現在的水管街一間潮溼的地下室，再加上兩位中學同學寄宿；九月，進入莫斯科大學醫學系。十一月，被《鬧鐘》雜誌退稿；與妹妹在大劇院聽格林卡的歌劇《為

一八七四年契訶夫一家及親戚合影，後排站者左起弟伊凡、安東、二哥尼古拉、大哥亞歷山大，前排坐者左起小弟米哈伊爾、妹瑪麗雅、父親、母親。

沙皇獻身》。

一八八〇年

三月九日，首次刊登文章，在彼得堡的幽默文學週刊《蜻蜓》發表《給博學鄰居的一封信》；今年在此雜誌總共發表了十篇作品。六月六日，普希金紀念碑在莫斯科市中心揭幕，二哥尼古拉在現場作畫，喜歡普希金的契訶夫有可能也在場。十二月七日，小說〈藝術家的妻子〉刊在《分鐘報》，署名「唐．安東尼奧．契洪特」。進大學的頭幾年，他在畫家哥哥尼古拉的介紹下，認識了畫家列維坦、建築師舍赫捷利、畫家科羅溫、畫家涅斯捷羅夫。

一八八一年

十一月，西班牙小提琴家薩拉沙泰巡迴演出至莫斯科，契訶夫去聽演奏會與他結識。十二月二十九日，在《鬧鐘》雜誌認識作家吉利亞羅夫斯基。十二月底，收到薩拉沙泰從羅馬寄來的紀

1891 年契訶夫給米濟諾娃的一封信中畫了戀愛的圖案，並寫：「這是我的簽名。」

1893 年契訶夫與米濟諾娃在梅利荷沃莊園合影；她與契訶夫的妹妹瑪麗雅曾一起在中學教書，經常以瑪麗雅的朋友的身分到契訶夫家聚會。

念照片，上面用義大利文寫：「給我親愛的朋友安東尼奧．契洪特醫生，以示對醫學的感謝……」

一八八二年

在《莫斯科》、《鬧鐘》、《光和影》、《讀者》、《同路人》、《日常對談》等雜誌中，共發表了三十二篇作品，並於年底受邀與《花絮》雜誌合作。準備出版原本應是第一部作品集的《玩鬧》，由二哥尼古拉插畫，後來可能未通過審查而沒能出版。

一八八三年

五月～六月，在莫斯科省沃斯克列先斯克度夏，並到地方自治醫院實習。七月，《花絮》刊登〈一個小官員之死〉，十月，《花絮》刊登〈胖子與瘦子〉，這兩篇成為早期的經典代表作。

一八八四年

六月，出版首作《墨爾波墨涅的故事》（署名

女演員米濟諾娃（L. S. Mizinova, 1870-1939）於1889年首次到契訶夫家作客（此前一兩年應就認識），被作家暱稱「美麗的麗卡」，契訶夫給她的信經常開曖昧的玩笑，留給她許多愛情的想像空間。米濟諾娃深愛契訶夫卻得不到回應後，1894年9月給契訶夫的信上說：「我非常非常不幸。您別笑。從前的麗卡已經消失無蹤，而我認為，我還是不得不說，都是您的錯！」這年她認識一位文壇浪子波塔賓科，「一氣之下」跟著已婚的他去巴黎同居，生下一女，卻很快夭折，結果這負心男回到老婆身邊。契訶夫得知後很不滿，後來把波塔賓科和米濟諾娃這段荒唐事寫進小說〈阿麗阿德娜〉和戲劇《海鷗》中，兩人即是戲中特里戈林和妮娜角色的原型。

「A．契洪特」）。六月，從莫斯科大學畢業，獲醫生執照，短暫行醫數月。十二月七日～十日，第一次嚴重地咯血（肺部問題）。

一八八五年

五月，開始與《彼得堡報》合作。十二月，首度去彼得堡，認識《新時代報》的負責人蘇沃林，受邀寫稿，兩人開始長期通信。

一八八六年

二月十五日，首次在《新時代報》刊登作品〈安靈祭〉，首次以本名「安．契訶夫」發表。三月，作家德米特里．格里戈羅維奇寫信給契訶夫：「你擁有真正的天賦，而這天賦會讓你成為新世代的作家……我相信你一定能夠寫出具有藝術家特質的完美作品！」他並鼓勵契訶夫寫嚴肅的題材。

一八八七年

九月，出版小說集《在黃昏》，此書獻給德米特

契訶夫位於莫斯科市區庫德林諾的住所（1886-90），弟米哈伊爾繪。這裡有不少名人來訪過契訶夫，包括音樂家柴可夫斯基。1889 年，柴可夫斯基給友人的信中提到對契訶夫的賞識：「您知不知道最近出現一個大天才契訶夫？……我認為，他是我們文學未來的支柱。」

里．格里戈羅維奇。十月初，完成喜劇《伊凡諾夫》，十一月，在莫斯科的科爾什劇院首演。前往塔干羅格等地旅行。開始嘗試長篇小說。

一八八八年

五月，出版《故事集》，非常暢銷，多次再刷。六月，《北方通報》刊登中篇小說〈燈火〉，被認為帶有相當的作者隱私特質。九月～十月，改寫喜劇《伊凡諾夫》為戲劇。十月，小說集《在黃昏》獲得科學院的普希金獎。

一八八九年

一月三十一日，《伊凡諾夫》在聖彼得堡亞歷山德拉劇院首演。六月十七日，二哥畫家尼古拉因肺結核過世，帶給作家至深的悲痛。十月十四日，柴可夫斯基來訪，討論合作改編萊蒙托夫小說《當代英雄》中的〈貝拉〉為輕歌劇的構想。十二月二十七日，四幕喜劇《林妖》在莫斯科的阿布拉莫娃劇院首演。

女作家阿維洛娃（L. A. Avilova, 1864-1943）於 1889 年 1 月 29 日在《彼得堡報》的發行人胡杰科夫（她的姊夫）家中認識契訶夫，後來常向契訶夫諮詢寫作上的意見，雙方長期保持友誼。阿維洛娃與先生的婚姻不幸福，她不愛先生，而先生輕視她的寫作，她認為〈關於愛情〉就是她和契訶夫之間的故事。她過世前幾年寫的回憶錄小說《我生命中的契訶夫》，仍對契訶夫念念不忘：「現在多少年過去了（編按：此時她七十歲左右）。我整個人灰白蒼老……活得沉重，活得倦煩，活得令人討厭。我已經不是在過活……但是我越來越喜愛孤獨、安寧、靜謐，以及夢想，這夢想就是契訶夫。在夢想中我們兩人還年輕，並且在一起。我在這筆記本中所寫的，試圖釐清紊亂異常的一團絲線，要解決一個問題：就是我們倆是否愛過？他愛過？或我愛過？……我無法釐清這個線團。」

一八九〇年

三月，出版小說集《陰鬱的人》，獻給柴可夫斯基。四月二十一日，出發前往庫頁島，花兩個半月穿越西伯利亞；六月二十～二十六日，乘渡輪沿黑龍江東行，讚嘆自然之美，「想永遠留在這裡住」；七月十一日，抵達庫頁島，「我看見了一切，現在的問題不是我看到了什麼，而是我怎麼看到的……我們須要工作，其他的都別管了，重要的是，我們要做對的事，其他一切也將隨之轉好。」《新時代報》刊登這時期的旅遊隨筆。十月十三日離開庫頁島，搭船南行經香港、新加坡、斯里蘭卡等地，再過蘇伊士運河抵達黑海的敖得薩，十二月八日返回莫斯科。

一八九一年

一月，前往聖彼得堡，和司法部門官員科尼會面，討論如何改善庫頁島孩子們的生活。二月～三月，寄了七箱書到庫頁島，提供給當地學校。三月，和蘇沃林一起出國到歐洲各地旅行；五月，回到

1892 年，契訶夫（前排坐者）與親戚朋友在梅利荷沃莊園坐手推車，推車者是作家吉利亞羅夫斯基（V. A. Gilyarovsky, 1855-1935），畫家列維坦攝影。

莫斯科。夏天，和家人一起前往圖拉省阿列克辛的鄉間別墅度假，之後搬到不遠的奧卡河附近的博吉莫沃村，在這裡寫《庫頁島》、〈決鬥〉。

一八九二年

一月，在《北方》發表〈跳來跳去的女人〉，導致與畫家列維坦（自覺此文影射他）關係破裂，後者甚至提出決鬥。三月，在莫斯科省的梅利荷沃買了一塊地，之後全家搬到這裡的莊園。夏天，霍亂疫情爆發，積極參與醫療工作的契訶夫回憶：「我們這些鄉村醫生都準備好了……從七月到八月，我至少看診了五百位病患，大概還可能有上千人。」十一月，在《俄羅斯思想》雜誌發表〈第六病房〉。

一八九三年

出版小說《第六病房》。在《俄羅斯思想》發表《庫頁島》的部分內容。十月，收到柴可夫斯基過世的電報。在梅利荷沃舉行新年除夕晚會，參加者

女作家莎弗羅娃（E. M. Shavrova, 1874-1937）於1889年認識契訶夫，當時十五歲的她到雅爾達街上等候契訶夫，某天早晨她見契訶夫從別墅出門到維爾涅的鋪子喝咖啡，便勇敢走進去與自己心儀的作家「不期而遇」，然後拿出自己創作的小說請教意見，之後雙方通信十年，她陸續寄了大約二十篇短篇小說草稿，契訶夫也耐心回覆，點出她作品的優點，也嚴格批評許多缺失。她夢想成為優秀的女作家，但是最終並不如願。契訶夫過世多年後她回憶：「他除了非凡的天才，還有一份愛的天賦，一份積極愛人們的天賦。」

包括米濟諾娃和作家波塔賓科。

一八九四年

一月，在《藝術家》發表小說〈黑修士〉，主角的精神問題引發熱烈討論，契訶夫表示多數評論家都沒看懂。三月，因為健康狀況日見惡化，去克里米亞療養。四月，在《俄羅斯公報》發表小說〈大學生〉，契訶夫自己很喜歡此作。九月，出國至歐洲各地旅行。

一八九五年

一月，與畫家列維坦絕交三年後，恢復友誼關係，列維坦至梅利荷沃莊園拜訪。二月，在《俄羅斯思想》發表小說〈三年〉。五月～六月，出版《庫頁島》。六月底～七月初，列維坦在特維爾省的戈爾卡莊園作畫時，因感情問題「試圖自殺」未遂，之後在湖邊槍殺了一隻海鷗——契訶夫去探望後從這個事件中得到兩部作品的靈感：〈帶閣樓的房子〉和《海鷗》。八月，前往圖拉省的晴

1898年契訶夫為莫斯科藝術劇院的劇組朗讀《海鷗》，契訶夫坐正中央拿書，在這張傳奇照片中還可以看到：左一站者是涅米羅維奇—丹欽科（導演），左三半站半坐者是演員克妮珀（飾阿爾卡金娜），契訶夫右邊坐的是導演兼演員斯坦尼斯拉夫斯基（飾特里戈林），契訶夫左邊坐的是斯坦尼斯拉夫斯基之妻演員莉琳娜（飾瑪莎），圖右一坐的是演員梅耶荷德（飾特列普列夫）——他有時不會出現在這張照片中，1940年他被史達林迫害槍決，因此蘇聯時代有很長一段時間都把他從照片中裁掉。

園，第一次和托爾斯泰會面。十月～十一月，構思創作劇本《海鷗》。十二月，在《俄羅斯思想》發表小說〈阿麗阿德娜〉，認識作家布寧。

一八九六年

一月～二月，前往聖彼得堡兩次，與作家科羅連科、作家波塔賓科、作家阿維洛娃會面。二月，前往莫斯科與托爾斯泰會面。四月，在《俄羅斯思想》雜誌發表〈帶閣樓的房子〉。八月底～九月中，遊覽俄羅斯南方與高加索等地。十月，聖彼得堡的亞歷山德拉劇院排演《海鷗》，十月十七日，《海鷗》首演遭受挫敗。

一八九七年

一月，參與謝爾普霍夫縣的人口普查。三月二十五日～四月十日，因大咯血住院。四月，在《俄羅斯思想》雜誌刊登未經審查的中篇小說《農民》，對農民處境的寫實刻畫引起社會激烈爭論。五月，蘇沃林的出版社出版了契訶夫的《劇本選》

女演員亞沃爾斯卡雅（L. B. Yavorskaya, 1871-1921）於1893年在愛沙尼亞的塔林初登舞台演出契訶夫的輕歌舞劇《熊》，同年夏天轉至莫斯科的科爾什劇院與謝普金娜－庫佩爾尼克成為同事好友，秋天認識契訶夫。
1895年1月，契訶夫從梅利荷沃搬到「大莫斯科」旅館（離她的旅館很近）住了一段時間，傳出與她有戀情的緋聞，鬧得很大，連米濟諾娃都語帶醋意地問契訶夫什麼時候要跟亞沃爾斯卡雅結婚。
契訶夫小說〈阿麗阿德娜〉的女主角有非常濃厚的亞沃爾斯卡雅的形象。
她後來演過《海鷗》的妮娜、《三姊妹》的瑪莎。

（其中包括初刊登的《凡尼亞舅舅》）。十月～十一月，為《俄羅斯公報》寫短篇小說〈在祖國的角落〉、〈佩臣涅格〉。十二月，關注法國「德雷弗斯事件」相關報導後表示：「在我看來，德雷弗斯無罪。」

一八九八年

一月，因「德雷弗斯事件」立場與《新時代報》不同，與蘇沃林不再往來。五月，回到梅利荷沃，收到導演涅米羅維奇－丹欽科的來信，請求准許《海鷗》在莫斯科大眾藝術劇院演出。契訶夫和他會面詳談後同意。五月～六月，寫短篇小說〈姚內奇〉、〈套中人〉、〈醋栗〉、〈關於愛情〉。九月九日～十四日，參與莫斯科藝術劇院《沙皇費奧多爾．尤安諾維奇》、《海鷗》的排演。九月十五日，到雅爾達，與詩人巴利蒙特、歌唱家沙里亞賓、作曲家拉赫曼尼諾夫會面。到塞瓦斯托堡附近的格奧吉耶夫斯基修道院旅行。十月十二日，父親在疝氣手術後過世。十一月九日，

「聖安東尼的誘惑」
照片由左依序為女演員謝普金娜－庫佩爾尼克、亞沃爾斯卡雅、契訶夫。
謝普金娜－庫佩爾尼回憶這張照片的由來：
這是 1894 年為一家刊物拍的作者照，攝影師幫我們三位合影留念，我們坐了很久，當攝影師說「看這邊」的時候，契訶夫轉頭擺出一張死版的臉，而我們兩個女孩靜不下來，笑個不停，還一直逗弄他，後來契訶夫幽默地把這張照片下了這個有宗教寓意典故的標題。

拉赫曼尼諾夫將《懸崖》幻想曲獻給契訶夫，此曲靈感來自契訶夫短篇小說〈在路上〉。十一月～十二月，為了薩瑪拉省的饑民辦勸募會；寫〈出診〉、〈公差〉、〈寶貝〉、〈新別墅〉。十二月七日，《海鷗》在莫斯科藝術劇院首演。涅米羅維奇－丹欽科來電報：「《海鷗》的演出受到熱烈歡迎。從第一幕開始喝采就接連不斷。無止境的謝幕。我說明作者不在劇院內，大家要以自己的名義發電給契訶夫致意。我們高興極了。」

一八九九年

一月，小說〈公差〉刊出。三月十九日，與來訪雅爾達的作家高爾基認識。四月初，和作家庫普林認識，與布寧會面。四月十日，到莫斯科，與演員克妮珀、托爾斯泰會面；契訶夫決定把《凡尼亞舅舅》交給莫斯科藝術劇院演出。六月十二日，訪塔干羅格，自新羅西斯科出發，在那與克妮珀會面。十月二十六日，《凡尼亞舅舅》在莫斯科藝術劇院首演。十二月，馬爾克思出版社發

女作家謝普金娜－庫佩爾尼克（T. L. Shchepkina-Kupernik, 1874-1952）於 1893 年認識契訶夫，當時她是科爾什劇院的女演員，之後與契訶夫一家人都要好，成了梅利荷沃莊園的常客。那時候她和好友亞沃爾斯卡雅經常圍繞在契訶夫身邊。

她也是契訶夫與畫家列維坦的共同朋友，兩人爭吵決裂後（因 1892 年契訶夫發表一篇描寫畫家不倫戀的〈跳來跳去的女人〉，被列維坦認為是影射他），在她撮合下兩人和好，1895 年 1 月，她帶著列維坦到梅利荷沃莊園拜訪契訶夫，恢復友誼關係。

行契訶夫作品集的第一卷。在《俄羅斯思想》刊登小說〈帶小狗的女士〉。

一九〇〇年

一月，刊出〈在聖誕夜〉、〈在峽谷〉；畫家列維坦到雅爾達作客；得知托爾斯泰的病情後寫：「我害怕托爾斯泰的死亡。如果他死了，那我的生活便會出現一大塊空白。第一，我比誰都愛他；我是沒有信仰的人，但我想在所有信仰中，只有他的信仰讓我感到親近。」四月十日~二十三日，莫斯科藝術劇院在塞瓦斯托堡及雅爾達巡演；觀賞《凡尼亞舅舅》、《海鷗》；契訶夫在家中持續和劇院演員、作家高爾基、布寧、庫普林等人聚會。五月，到莫斯科拜訪病危的列維坦；與高爾基、畫家瓦斯涅佐夫、作家阿列克辛一起前往高加索地區旅行。六月，克妮珀到雅爾達作客。八月~十月，開始寫戲劇《三姊妹》。十月底在莫斯科為藝術劇院的團員朗讀此劇。十一月，畫家謝羅夫為契訶夫畫肖像（未完成）。十二月

圖為卡蜜薩熱芙斯卡雅 1896 年演出《海鷗》的妮娜，她的表現令契訶夫印象深刻，是作家對這齣戲首演失敗的唯一安慰。契訶夫曾讚美她：「沒有人像她這麼真真實實又深刻地了解我（的戲）……她是絕佳的演員」。

十一日，出國，在法國尼斯修改《三姊妹》的劇本；至義大利的比薩、佛羅倫斯、羅馬等地旅遊。

一九〇一年

一月三十一日，《三姊妹》在莫斯科藝術劇院首演。二月初，自敖得薩返雅爾達；和布寧時常會面；《三姊妹》在雜誌《俄羅斯思想》刊出。五月十一日，前往莫斯科，醫生建議飲用馬奶酒治療。五月二十五日，與克妮珀在莫斯科省奧夫拉日克的一間教堂結婚；給母親電報：「親愛的媽媽，祝福我吧，我結婚了。一切如常。我去喝馬奶酒治療。」七月一日，偕新婚妻子回到雅爾達。九月十七日，前往莫斯科參與藝術劇院的排演《三姊妹》，修改劇本，九月二十一日演出。十一月，與生病療養中的托爾斯泰在克里米亞的加斯普拉會面。

一九〇二年

二月二十日，完成短篇小說《主教》（由《大眾

女演員卡蜜薩熱芙斯卡雅（V. F. Komissarzhevskaya, 1864-1910）於 1896 年演出契訶夫的戲而相識，很受作家欣賞，兩人長期通信維持友誼。
她後來成為舞台巨星，1904 年成立自己的劇院，契訶夫過世前曾寫信允諾要為她量身打造一齣新戲：「為妳寫戲是我長久以來的夢想……」，無奈因身體狀況而無法完成。
卡蜜薩熱芙斯卡雅四十多歲就在巡迴演出中染上天花早逝，她死前夢見契訶夫，逢人便說：「這是好預兆。」

雜誌》四月號刊出）。五月二十四日，作家科羅連科到雅爾達拜訪契訶夫，兩人說定為了抗議官方取消高爾基榮譽科學院院士資格，決定一同請辭榮譽院士頭銜。五月二十五日，與妻子抵達莫斯科。六月初，向斯坦尼斯拉夫斯基說明《櫻桃園》的構想。六月下旬，到商人莫羅佐夫（莫斯科藝術劇院的主要贊助者）領地佩爾姆省烏索利耶旅行，參觀他的工廠時建議他：這樣的工廠不應該一天持續運作十二個小時，之後，莫羅佐夫便把工時調整為八小時。七月五日～八月十日，與妻子在柳比莫夫卡別墅度夏。八月十四日，回到雅爾達。八月二十五日，去信科學院請辭榮譽學士頭銜。九月，改編自己的獨幕劇《論菸草有害》收進《新劇大全》。十月四日～十一月二十七日，在莫斯科寫短篇小說《未婚妻》。

一九〇三年

一月～四月，寫小說《未婚妻》與戲劇《櫻桃園》。

五月二十四日，前往莫斯科，醫生奧斯特羅烏莫

1904年4月，克妮珀寫信給契訶夫：「安東，生活是什麼？我一點也不懂。我想我是這麼的笨拙愚鈍、目光短淺。我很心煩鬱悶。」同月二十日，契訶夫回信：「妳問，生活是什麼？就好像在問，紅蘿蔔是什麼？紅蘿蔔就是紅蘿蔔，再也沒別的了。」

1902年，斯坦尼斯拉夫斯基邀請契訶夫帶妻子克妮珀到他的莊園別墅柳比莫夫卡（位於莫斯科東北市郊）度夏。契訶夫非常喜歡這裡，把此地的印象寫進了《櫻桃園》中。

夫診察契訶夫，不准他冬季時住在雅爾達。六月，聯絡作家維列薩耶夫：「《未婚妻》稿子我撕掉了，重新再寫。」九月十五日，完成《櫻桃園》，告知他很欣賞的莫斯科藝術劇院演員莉琳娜：「我這次寫的不是戲劇，是喜劇，甚至可以說是輕歌舞劇。」十月十四日，將《櫻桃園》手稿寄至莫斯科。十一月三日，同意讓高爾基將《櫻桃園》出版，收入《知識》集刊裡。十一月二十五日，《櫻桃園》在刪去特羅菲莫夫的兩場獨白後通過審查。

一九〇四年

一月十七日，在莫斯科藝術劇院舉辦《櫻桃園》首演暨契訶夫紀念會。二月十四日，寫信給阿維洛娃談到創作與生活：「開心些，生活別太鑽牛角尖，這樣想必會輕鬆點。我們不知道，生活是不是值得讓人痛苦思索，耗損我們俄羅斯人的頭腦——這都還是個問題。」四月初，在彼得堡展開藝術劇院巡演，《櫻桃園》佳評如潮。五月三日，前往莫斯科。身體狀況越來越糟，陸續得腸炎、

女演員克妮珀（O. L. Knipper, 1868-1959），是涅米羅維奇－丹欽科在莫斯科音樂戲劇學校的學生，畢業後馬上入選至莫斯科藝術劇院，1898 年排練《海鷗》和《沙皇費奧多爾．尤安諾維奇》時認識契訶夫；兩人幾乎一見鍾情，契訶夫在信中對友人說：「我怕就要愛上她了。」

《三姊妹》初版書封，上面有這齣戲的三位主角人像，中間是飾演瑪莎的克妮珀。

胸膜炎、高燒；《櫻桃園》登在《知識一九〇三》集刊，為契訶夫生前最後一次刊登作品。七月一日，在巴登維勒療養，妻子克妮珀回憶當時的情景：「甚至死前的幾小時他都還想出一個故事逗我開心……」七月二日，夜間一點睡夢中呼吸困難。兩點醫生來看診，克妮珀：「他要求給他香檳。安東．帕夫洛維奇不知為何大聲對醫生說德語（他對德語所知甚少）：『我要死了……』然後拿起高腳杯，靠近我的臉，令人驚訝地笑著說：『我好久沒喝香檳了……』，他安然地乾杯，靜靜側過身子，很快就永遠不再有聲息。」夜間三點，契訶夫過世。七月九日，葬在莫斯科新少女修道院墓園。

1903年，斯坦尼斯拉夫斯基對契訶夫表達《櫻桃園》的感想：「我現在剛讀完劇本，震撼得無法清醒，我沉浸在前所未有的喜悅中，這是您寫的所有佳作中最好的一齣。真心祝福天才的作者……這不是您所說的喜劇或輕歌舞劇——這是悲劇。」

1904年5月8日，梅耶荷德去信向契訶夫致敬：「您偉大的創作無與倫比……西方戲劇都要向您學習。」

《櫻桃園》書封，上面標明：四幕喜劇。

1898年布拉茲（O. Braz, 1873-1936）為契訶夫作的油畫，是收藏家特列季亞科夫向他訂購的契訶夫肖像。畫完後評價兩極，契訶夫本人覺得不像：「聽說，人和領帶都畫得很糟，可是那種表情，好像是我去年聞了太多辣根的模樣。」不過也有少數人覺得很像那時候因病心力交瘁的契訶夫，包括畫家布拉茲、列維坦和作家波波雷金。

1901 年 8 月，契訶夫在雅爾達別墅的花園裡帶小狗散步，林登／攝。契訶夫喜歡狗，他在筆記中寫過：「善良的人常會不好意思，甚至在狗面前也如此。」此時他新婚不久，與妻子克妮珀剛從伏爾加河旅行回來，在那裡喝馬奶酒治療肺病，他似乎意識到自己的創作事業雖邁向高峰，身體狀況卻走下坡……但他總是樂觀面對，不僅在人面前，甚至在狗面前依然露出和煦的微笑。